01
驚蟄落月 ◎著
絕世戰龍

CONTENTS

目錄

第一章

兒時玩伴

陽城監獄，位於龍國邊境。監獄的面積並不大，但卻是世界上最高級別的監獄。

監獄內關押的犯人，各個身分顯赫、凶名蓋世。

有醫術高超，但卻心狠手辣的鬼醫聖手，有地下世界聞風喪膽的殺手之王，甚至還有傳說中的吸血鬼親王……

一間條件簡陋的牢房內，身穿獄警服的楚問天，坐在椅子上翹著二郎腿，玩味地看著面前跪著的七名犯人。

這七名犯人，乃是陽城監獄凶名最盛的七人。任何一人放在外界，都足以讓世界抖三抖。但現在，他們卻如同哈巴狗一般，乖乖跪在楚問天面前。

這一幕若是傳出去，絕對會讓地下世界引起驚天海嘯。

「七徒弟，就先從你開始說吧。」楚問天將目光，轉向跪在最邊緣的一名男子身上。

男子聞言，渾身一顫，連忙開口道：「師傅，不，親爹，我真的已經把所有醫術，全都毫無保留地貢獻出來了，如有私藏，天打雷劈！」

別看這名男子表現的十分不堪，但他卻是龍國赫赫有名的鬼醫聖手，醫術無雙，號稱病人只要有一口氣在，就能將其救活。

楚問天看著鬼醫的神態，微微點了點頭，知道他說的都是真話，然後便將目光移向鬼醫身旁的魁梧壯漢。

「六徒弟，你呢？」楚問天問道。

稱霸龍國地下世界的天王殿殿主，連忙道：「師傅，徒兒已經將修煉的功法、武技，還有天王殿的殿主令牌，都上交給了師傅，絕對沒有一絲保留。」

「五徒弟，你呢？」楚問天接著問道。

東洲頂級財閥，金家家主瑟瑟發抖道：「師傅，除了我金家的家傳武學外，我把金氏財閥的財富也都全都上交給了師傅。」

「四徒弟呢？」

地下世界聞風喪膽的殺手之王，一臉諂媚地說道：「師傅，徒兒已經將殺手祕法全部上交，另外徒兒的暗影殺手組織，會完全聽從師傅的號令。師傅若想殺誰，不論是異國首腦，還是商界大亨，只需吩咐一聲就行。」

楚問天輕蔑一笑：「為師若想殺人，還用得著動用你的暗影殺手組織？」

殺手之王連忙道：「不用不用，師傅神威蓋世、舉世無敵。」

楚問天將目光投向殺手之王身旁的金髮老者，淡淡道：「三徒弟呢？」

西洲魔法師協會會長用蹩腳的中文，說道：「師……師傅，魔法師協會的會長之位，和所有魔法師咒語，我都……都貢獻出來了。」

「二徒弟呢？」

傳說中的吸血鬼親王，一臉虛弱地說道：「師傅，我血族所有祕法，都已上交，師傅可憑藉親王之戒，號令我族。」

「大徒弟呢？」

因一念之差，犯下大錯的天師府當代天師，道：「師傅，天師道統我已經全部上交於師傅。師傅只需往龍虎山，便可成為天師。」

楚問天的目光緩緩掃過面前跪著的七人，微微點了點頭，道：「看樣子，你們的家底應該是全都交出來了。」

他站起身，伸了一個懶腰：「花了整整五年的時間，終於完成你們師祖布置給為師的任務，可以離開陽城監獄了。」

陽城監獄的獄長，便是楚問天的師傅。

五年前，楚問天被帶到陽城監獄，獄長傳給他一門煉氣功法後，便強勢逼迫天師、吸血鬼親王七人，拜楚問天為師。

楚問天什麼時候可以掏空七名弟子的家底，什麼時候便可以離開陽城監獄。

如今，他已經完成了獄長布置的任務。

楚問天哼著小曲，朝著牢房外走去，在他即將踏出牢門之時，突然轉頭對著天師、吸血鬼親王七人，嚴厲地說道：「為師離開監獄的這段時間，你們的修煉不能鬆懈。若是為師回來時，你們的修為沒有精進，那就別怪為師指導你們實戰了。」

天師、吸血鬼親王七人聞言，全都渾身一顫，紛紛開口保證。

「師傅放心，徒兒絕對不會有一刻鬆懈。」

「師傅，我一定刻苦修煉，早日突破神境。」

「等師傅歸來時，我的修為必定可以在上一個臺階。」

指導實戰，那就意味著要與楚問天交手。天師、吸血鬼親王七人已經被楚問天虐了無數回了，打死他們也不想再和楚問天交手了。

待楚問天離開牢房，天師、吸血鬼親王七人的神色瞬間變換，恢復了絕世巨擘的樣子，每個人都散發出駭人的氣息。

「潛龍出淵，必將攪動天地風雲！」

「世界要變天了。」

「希望有人不要找死，否則龍之一怒，將流血三千里！」

第二天早上，天河市國際機場外，一名身材魁梧、氣勢凶悍的男子，站在一輛限量款的悍馬車旁，目光緊緊盯著出站口，似乎在等著什麼人。

過往的乘客在路過悍馬時，都忍不住將目光投在該男子身上。

有人認出了男子，眼中不由露出驚駭之色。

「我沒看錯吧，那人是鼎天保全公司的董事長——趙鼎天！」

「我的天啊，趙鼎天可是名震江北省的大佬，身家過十億，他怎麼會出現這裡？」

「看他的樣子，似乎在來接人的。有什麼人讓他親自趕來機場迎接？」

就在眾人低聲議論之時，一身休閒裝扮的楚問天，從機場出站口走了出來。

趙鼎天看到楚問天，眼睛陡然一亮，連忙快步上前。

在距離楚問天還有兩公尺遠的時候，他雙手抱拳，身體呈九十度彎曲，恭敬地說道：「楚少！」

這一幕，直接驚爆了眾人的眼球。

「我是出現幻覺了嗎？趙鼎天竟然向那個青年鞠躬。」

「那個青年是誰？」

「難道是帝都來的世家公子？或是魔都來的豪門大少？」

楚問天朝著趙鼎天點了點頭，然後走向一旁的悍馬。

趙鼎天連忙起身，快步走到悍馬前，將後座的車門拉開。

待楚問天坐上車後，趙鼎天瞥了一眼四周的旅客，嘴角勾起一抹輕蔑，心中不屑道：「帝都的世家公子、魔都的豪門大少，給楚少提鞋都不配！」

趙鼎天，江北省地下世界赫赫有名的大人物。

曾因為練功走火入魔，發瘋傷人，被關押在陽城監獄，於兩年前刑滿釋放。

因為楚問天的第一站，是江北省天河市。所以，便將趙鼎天召來跑腿。

「小天，交代你的事，查的怎麼樣？」楚問天問道。

「楚少……」趙鼎天聞言，有些支支吾吾。

楚問天眉頭一皺，一股不好的預感瞬間湧上心頭。

他語氣嚴厲地說道：「說！」

趙鼎天低聲道：「楚少，周家已經被滅了。」

「什麼！」

楚問天眼中寒芒爆閃，一股滔天殺意洶湧而出，讓車內結上一層寒霜！

雖然趙鼎天有著半步宗師的修為，卻依然感受冰寒徹骨，如墜冰窟！

片刻後，楚問天將心中的殺意壓下，聲音有些沙啞地說道：「將你查到的資訊，全都說出來。」

如果他不將殺意壓下來的話，以趙鼎天的實力，連半分鐘都堅持不了。

半個小時後，天河市仙鶴陵公墓。

楚問天俯下身子，將手中的鮮花，緩緩放到一座墓碑前。

「周叔、周姨，我回來晚了。」

楚問天望著墓碑上的照片，聲音沙啞。

「楚少，您兒時玩伴的周峰，被王家的人，關在了天河市精神病醫院，強行接受治療。」趙鼎天低聲道。

「精神病院！王家！王若雪！」

楚問天眼中陡然爆射出兩道寒芒，殺意滔天！

「楚少，我這就去滅了王家！」趙鼎天手中突然出現一柄鋒利的匕首，殺機稟然地說道。

身為半步宗師，趙鼎天的實力極其恐怖。別說一個小小的王家，就算省城的豪門，他也能一夜推平。

「無故滅族，你還想進入陽城監獄嗎？」楚問天瞥了一眼趙鼎天，身上的殺意緩緩消散，淡漠道，「這是我和王家之間的恩怨，我要親自解決。」

五年前，他父親楚雄創辦的楚氏集團，突然遭遇打壓。和他有著婚約的王家，不僅沒有幫助楚氏集團，反而直接退婚，並將所有的合作全部推翻，給了楚氏集團致命一擊。

之後楚氏集團覆滅，他父母失蹤。是兒時玩伴周峰，動用周家的關係，將他送出了天河市。

逃離天河市的他，遇到了師傅，被帶到了陽城監獄，才有了現在的他。

楚問天想過周峰可能會被針對，但他沒想到，周家竟然會因此覆滅，周父、周母跳樓自盡，而周峰也被關在了精神病院。

這一切，都是王家所為。

「周叔、周姨，你們放心。我會讓王家，後悔來到這個世上！」楚問天對著墓碑保證道。

話音落下，他帶著趙鼎天，前往天河市精神病院。

當得知楚問天要探望的病人是周峰時，精神病院的醫生態度瞬間變得惡劣起來。

「你是誰？怎麼知道周峰在這裡？」

醫生朝著門口的保全，使了個眼色。瞬間便有四名保全，將楚問天、趙鼎天圍在中間。

「看來，你們都是王家的狗了。」楚問天淡漠道。

「果然是鬧事的，給我拿下他！」醫生大喝道。

四名保全從腰間掏出甩棍，朝著楚問天抽去。

「廢了他們的右手！」

楚問天的聲音，剛一落下，趙鼎天便動了。

「啊！」

四道骨骼碎裂的聲音響起，伴隨著四道慘叫響起。

四名保全摀著右手，滿臉痛苦地地上來回打滾著。

定眼望去，他們的右手都呈一百八十度彎曲，已經被徹底扭斷了。

醫生直接被眼前的這一幕，嚇得癱坐在地上。

「帶我去周峰的病房。」楚問天毫無感情地說道。

緩過神的醫生，指著楚問天大喊道：「你竟然敢打王家派來的保全，你死定了！」

「啪！」

一記響亮的耳光，打在醫生的左臉，直接將其左臉打腫。

「我說，帶我去周峰的病房。你聽不懂嗎？」楚問天目光冰冷。

「王家不會放過你的……」

醫生話還沒說完，又一記響亮的耳光，打在他的右臉。將其右臉抽腫。

「再說一句廢話，你後半輩子就不用在開口了。」

楚問天的話，讓醫生渾身打了一個冷顫。連續兩記耳光，讓他知道，楚問天絕不是再開玩笑。

醫生看了楚問天一眼，眼底深處掠過一抹深深的怨毒，轉身帶著他走向周峰的病房。

在轉身之時，醫生偷偷給一名保全，使了一個眼色，暗示他通知王家。

醫生的小動作，自然沒有瞞過楚問天的眼睛。但他並不在意，反而嘴角勾起一抹嘲弄。

周峰的病房，位於精神病院的四樓角落。

說是病房，其實就是一個雜物間，裡面髒亂無比，擺放著各種雜物。連床都沒有，只有一套破爛的床褥，鋪在地上。

周峰穿著病人服，坐在床褥上，目光呆滯地望著窗外，眼中沒有一絲神采，就如同行屍走肉一般。

看著周峰的樣子，楚問天心中一痛。

這五年，他一直待在陽城監獄內，每日和那些犯人打交道，和外界徹底斷了聯繫。如果他能早一點回歸，事情就不會發展到這般地步。

楚問天抬腳踹向病房的房門，四公分厚的防盜門，直接被一腳踹飛。

醫生瞪大雙眼，驚駭地看著楚問天：「怪物！」

楚問天身形如電，瞬間出現在周峰身旁。他抬起微微有些顫抖的手掌，拍向周峰的肩膀。

「兄弟，我回來了！」

周峰機械地轉過頭，目光望向楚問天，呆滯的眼中突然出現一抹亮光。

「天哥，是你嗎？」

「是我！」

周峰先是一喜，然後神色大變，臉上露出驚慌之色。

「天哥快走，王家現在已經是天河市第一家族。不光財力驚人，還掌控著地下勢力。若是他們發現天哥回來，肯定會天哥下手的！」

看到周峰對王家的恐懼，楚問天心中狠狠揪了一下。

曾幾何時，周峰所在的周家，也是天河市頂尖的家族，有著上億資產，不懼任何人。

楚問天伸手拍了拍周峰肩膀：「放心，現在的我，就算是天王老子也休想傷我！」

楚問天的話語雖然平靜，但語氣中卻充滿無邊的霸氣。

這時，樓道裡響起密密麻麻的腳步聲。

「是誰打傷我王家派來的保全，出來受死！」

一名長相猥瑣，流裡流氣的青年，帶著二十名保全，圍在病房門口。每個人的手上，都握著一根鋼管。

「你是王家的人？」楚問天望向為首的青年。

「本少名叫王陽，乃是王家旁系子弟，天河市精神病院保全處處長！小子，你竟然敢在本少的地盤鬧事，簡直找死！你若是現在跪下學狗叫，本少說不定一高興，能給你一條活路！」青年揮舞著手中的鋼管，囂張無比地說道。

周峰擔憂地看向楚問天，卻發現他臉色平靜，臉上沒有絲毫波瀾。

「將他們握鋼管的手廢掉。這個叫王陽的，打斷他的四肢，讓他後半輩子躺在床上度過。」楚問天淡淡開口。

「哈哈哈，小子，你是在做白日夢嗎？」

王陽彷彿聽到了世上最好笑的笑話一般，猖狂大笑。突然，他的笑容凝固在了臉上。

只見趙鼎天身形一閃，宛若獵豹一般，瞬間衝入保全之中。

剎那間，便聽到一聲悽慘無比的嚎叫聲響起。距離趙鼎天最近的那名保全，右手直接被一柄鋒利的匕首洞穿，鮮血橫流。

「上！給本少弄死他！」王陽驚恐地喊道。

剩餘的十九保全聞言，連忙揮動手中的鋼管，一擁而上，想要靠人數取勝。

但僅僅過了幾秒鐘，整個樓道除了王陽之外，所有保全沒有一人站著。

王陽看著向他走來的趙鼎天，渾身顫抖，雙腿之間竟然有一股難聞的液體流出。

噗通一聲，王陽直接跪倒在地，大聲求饒。

「這位大人，我錯了，求你放我一馬，我願意學狗叫。」

說著，王陽立刻發出兩聲狗叫。

「汪、汪！」

趙鼎天轉頭望向楚問天，看到楚問天面無表情，便明白該如何做了。

他的手中匕首，化作四道寒芒，瞬間挑斷了王陽的手筋、腳筋。

王陽慘叫連連，猶如一灘爛泥，攤在地上。

楚問天緩緩走到王陽身前，居高臨下俯視著他，淡漠地說道：「你這樣垃圾，也想配當狗？」

「你死定了，王家一定會替本少報仇的！」王陽死死盯著楚問天，眼中充滿怨毒。

「王家？」楚問天嘴角噙上一抹輕蔑的冷笑，「聽說王家家主今天過六十大壽，我正好去送他一份壽禮。」

話音落下，趙鼎天一把抓住王陽的衣領，就像拖死狗一般，拖著他離開。

「兄弟，我現在帶你去王家，先收點利息！」

楚問天帶著周峰，離開精神病院。

帝豪大酒店，坐落於天河市最繁華的地帶，乃是天河市最高檔的酒店之一。

此時，帝豪大酒店的停車場，停滿了各種豪車。

今日是天河市第一家族，王家家主的六十大壽。凡是天河市能數得上的勢力，都帶著重禮，前來賀壽。

晚上七點，壽宴正式開始。

王家家主王崇山剛一走進宴會廳，立刻便成為焦點。

各大勢力的領頭人，紛紛起身恭賀，臉上盡是掐媚之色。

王崇山面帶笑容，舉著紅酒杯，與各方賓客碰杯。

就在這時，宴客廳緊閉的大門，突然爆裂開來。渾身是血的王陽，直接被扔了進來。

「這不是王家旁系子弟的王陽嗎？」

「我的天，有人竟敢在王家家主六十大壽的壽宴上鬧事，難道他不知道死字怎麼寫？」

「看來，今天晚上郊外的荒山上，要有一具被剁碎的屍體了。」

宴客廳內瞬間炸開了鍋。

在眾人的注視下，三道身影從門外緩緩走了進來。

「聽聞王家主六十大壽，我特意帶著禮物前來賀壽。」楚問天淡淡開口道，「不知道王家主喜不喜歡這份禮物。」

王崇山望著門口那道霸氣無雙的身影，眼皮陡然一跳有些不敢相信地喊道：

「你是楚問天！」

「沒想到王家主還記得我。」楚問天淡淡道。

王崇山先是一驚，然後臉上便露出一抹獰笑：「楚問天，我王家找了你五年，都沒找到。沒想到你竟然自己送上門來了。既然如此，那就永遠留下吧！」

他揮了揮手，宴客廳內瞬間湧出數十名身穿黑衣手持砍刀的男子。

為首的那名魁梧壯漢，身高一百九十公分，渾身肌肉隆起，太陽穴微凸，散發著凶悍的氣勢。一看就知道，是個狠角色。

「外勁中期？」楚問天眉毛微微一挑。

世上武學，練至登堂入室之時，可踏入武道，成為真正的武者。

和電視上那些花花架子不同，真正的武者可一拳打爆山石，一指截斷鋼鐵，恐怖至極。

武者的修為境界分為四大境界，由低到高分別是：外勁、內勁、化勁、神境。眼前這名魁梧壯漢，便是一名外勁中期的武者。

雖然，他的修為放在武者中算不了什麼，但在世俗社會中，卻足以橫掃普通人了。就算是幾十個跆拳道黑帶一起上，都不是他的對手。

壯漢看著楚問天，獰笑一聲：「小子，既然知道大爺我是外勁強者，還不趕緊跪下受死！」

楚問天眼睛微瞇，一道精芒劃過眼底。

他看到壯漢的身上纏繞著絲絲黑氣，這意味著壯漢手中有過人命。對於這種惡徒，楚問天絕不姑息。

「小天，送他上路！」楚問天漠然道。

壯漢聽到楚問天的話，眼中怒火衝天：「小子，你找死！」

說罷，壯漢右手握拳，帶著駭人的力量，朝著楚問天狠狠砸去！這一拳足以砸斷鋼鐵。

但他的拳頭還沒有揮出，一道寒芒便掠過他的脖子。

只見趙鼎天手持匕首，出現在壯漢身旁，像割草一般，隨手將其性命收割。

看著壯漢死不瞑目的屍體，王崇山臉色微微一變，他沒有想到楚問天身邊竟然跟著一名強大的武者。

「怪不得你敢大鬧我的壽宴，原來是找到了幫手。但你以為我王家內就沒有高手嗎？」王崇山冷笑一聲。

只見他拍了拍手。

一名臉上有著刀疤的中年男子，陡然出現在宴客廳內。

第二章

十天期限

刀疤男滿臉凶狠，眼中泛著血色凶芒，渾身殺氣稟然，顯然手上沾染著不少人命。

「血手！王家第一打手！」

「據傳，血手曾滅掉數個小家族，手段極其凶殘。」

「楚家這個小子死定了。」

血手的目光掃過楚問天、趙鼎天，嘴角勾起一抹殘忍的笑容：「能殺了阿虎，說明你們還有幾分本事。若是現在跪下受死，我可以大發善心，給你們一個全屍。」

血手的語氣囂張至極，完全沒有把楚問天、趙鼎天放在眼裡。

楚問天瞥了血手一眼，眼睛微瞇：「外勁巔峰。」

外勁巔峰的武者，戰力十分強大，在普通的地級市極為少見。王家能招攬到一名外勁巔峰武者，足以證明王家的實力。

但可惜，王家馬上就要失去他了。

這名刀疤男身上的黑氣，比剛才那名壯漢濃郁的多。他手上的人命，至少是那名壯漢的十倍！

「小天，廢了他的修為，敲碎他的四肢，讓他在痛苦中上路！」楚問天神色冷漠地說道。

「是！」

話音落下，趙鼎天身形一閃，宛若鬼魅一般，瞬間襲至血手身旁，速度比剛才快了數倍！

血手臉色劇變，沒想到趙鼎天剛才對付阿虎時，竟然沒有動用全力。

他連忙揮動右掌，施展出最強攻擊！

「血煞掌！」

一聲暴喝響起，只見血手的右掌陡然變紅，一股淡紅色的勁氣凝聚於掌心，狠狠拍向趙鼎天。

手掌劃過長空，竟然發出一道低沉的音爆聲，駭人無比。

武者修煉的功法、武技，分為天階、地階、人階三大品階。每個品階又細分為高級、中級、低級，三個級別。

血手施展的《血煞掌》，乃是人階中級武技，威力十分強大。血手曾憑藉它，擊殺過同階武者。

在血手看來，就算趙鼎天隱藏了實力，但只要他的修為沒有達到內勁，自己這一掌絕對可以重創，甚至擊殺他！

趙鼎天看著襲來的紅色手掌，眼中露出一抹嘲弄。只見他雙手背負，挺起胸膛，任由血手攻來。

「自尋死路！」

血手眼中一喜，就在他以為自己可以一掌了結趙鼎天之時，他臉上的笑意瞬間凝固。

只見血手的右掌狠狠排在趙鼎天的胸膛上，但趙鼎天卻沒有損傷，反而體內湧出一股強大的反震之力，直接將血手震飛！

定眼望去，血手的右手手骨直接震碎。

「內……內勁……」血手雙眼大睜，眼中布滿驚恐。

內勁也被稱之為暗勁。

外勁傷害的是肉身，而內勁則可穿透肉身，直接攻擊敵人的臟器！殺傷力是外勁的十倍！

內勁武者，已將武學修煉至大成之境，將修煉出的外勁轉化為內勁，實力強橫至極！雖然內勁武者、外勁武者，只有一字之差。但兩者之間，卻有著天壤之別！

血手的話還沒有說完，趙鼎天身形一閃，瞬間出現在他身旁，一把卡在血手的脖子，將他提至半空。

「前輩饒命！」血手臉色漲紅，艱難地求饒道。

但回應他的，卻是一雙冰冷無情的目光。

只見趙鼎天左手握拳，狠狠砸向血手的左臂。一道強大的內勁轟出，直接將其整條左臂震碎！

「啊！」

血手滿臉痛苦，發出一聲痛徹心扉的哀號。但他的慘叫聲還沒徹底落下，趙鼎天再次揮拳，將他的雙腿轟碎！

劇烈的疼痛，讓血手直接暈死過去。

趙鼎天並沒有就此放過血手，因為楚問天的命令，他還沒有完成。

趙鼎天神色冷漠，再次揮動左拳，筆直砸向血手的腹部。

「喀嚓！」

一道細微的破裂聲響起，趙鼎天這一拳不光震碎了血手的丹田，廢掉了他的修為，還重創了他的五臟六腑，讓他只剩下最後一口氣。

除非楚問天出手救治，否則就算是被關押在陽城監獄的鬼醫出手，也救不活他。

但楚問天又怎麼會出手救他呢？

「啊！」

鑽心的疼痛，讓暈死過去的血手直接疼醒，發出陣陣哀號。

趙鼎天隨手一扔，宛若扔垃圾一般，將只剩下一口氣的血手扔在王崇山面前。血手痛苦的哀號，就像是一記記重錘，狠狠砸在王崇山的心上。他怎麼也沒想到，外勁巔峰的血手，在趙鼎天面前竟然如此不堪一擊。

在他驚恐的目光中，血手的哀號聲越來越弱，最終瞪著眼睛，在無盡的痛苦中死去。

驚恐的王崇山突然感受到楚問天投來的目光，渾身一顫，色厲內荏地說道：「楚問天，我乃王家家主，你若是敢對我動手，王家還有王若雪絕對不會放過你的！」

楚問天聞言，輕蔑一笑：「放心，我今天只是來打個招呼，並沒有打算取你的狗命。」

王崇山聽到楚問天的話，還以為自己的威脅起了作用，剛準備鬆一口氣，但楚問天接下來的話，讓他臉色大變。

「十天之後，便是周叔、周姨的忌日，我要你和王若雪跪在周叔、周姨的墓前，自裁賠罪！」楚問天眼中寒芒爆閃，殺意沸騰。

王崇山感覺自己被死神盯上了一般，遍體生寒，無盡的恐懼讓他雙腿一軟，直接癱坐在地上。

楚問天冷漠地瞥了王崇山一眼：「這十天，我會待在天河市內。你可以動用一切勢力、人脈，來對付我。看看有誰能保住你和王若雪的性命。」

楚問天的話語中，充斥著無邊的自信。

當今世界，他要殺的人，誰也保不住！別說王家只是區區天河市第一家族，就算它是龍國第一家族也不行！

話音落下，楚問天轉身帶著趙鼎天、周峰，離開宴會廳。

癱坐在地上的王崇山，緩了好一會，才艱難地站起身。他的目光掃過四周賓客，臉色難看至極。

自從王家吞併楚氏集團、周氏集團，成為天河市第一家族後，他走到哪裡不是前呼後擁，何曾受過如此侮辱。

而今，楚問天不僅當眾辱他，還口出狂言，讓他和女兒十天後去周峰父母的墓前自裁謝罪，簡直罪該萬死！

王崇山環顧四周，望著一眾賓客，寒聲道：「今天的事，要是有人敢宣揚出去，就等著被我王家滅族吧！」

聽到王崇山的威脅，在場賓客連忙開口保證，甚至有人發下毒誓。

「王家主放心，我絕對會守口如瓶，讓這件事永遠爛在肚子裡。」

「我周永願以性命起誓，絕不會將今天發生的事說出去！」

「今日之事我若是洩漏半個字，就讓我不得好死，天打五雷轟！」

王崇山聽到眾人的保證後，微微點了點頭，冷漠地道：「壽宴到此結束，各位請回吧。」

眾賓客不敢有任何異議，紛紛告退。

待眾賓客散去，王崇山的臉色徹底陰沉下來，眼中布滿怨毒。

王崇山用力捏了捏拳頭，咬牙切齒道：「楚問天，五年前，我能讓你楚家家破人亡。現在，更能讓你死無葬身之地！」

「雖然你身邊有內勁初期武者保護，但本家主想弄死你，就像碾死一隻螞蟻一樣簡單！」

王崇山心中猜測，趙鼎天的修為應該是達到了內勁初期，所以才能輕鬆碾壓血手。至於內勁中期以上，他連想都沒有想過。

內勁武者，可稱之為武學大師，已將武學練至登堂入室之境。數量極為稀少，即便放在省城豪門中，也是座上賓。

在王崇山看來，楚問天能夠招攬到一位內勁初期武者，已經是走了狗屎運。怎麼可能招攬到內勁中期以上的武者。

但打死他也不會想到，趙鼎天的修為不僅在內勁中期之上，更是達到了半步宗師之境，距離化勁宗師只有一線之隔……

悍馬車上，周峰無比解氣地說道：「看著王崇山受辱，我心中簡直爽到了極點。若不是實力不行，我真想親手宰了他，給爸媽報仇！」

楚問天保證道：「十天後，所有傷害過周家的人，都會付出血的代價！」

周峰聞言，突然陷入了沉默。

片刻後，他望著楚問天，認真無比地說道：「天哥，如今的王家已經位列天河市六大家族之首，而且還與省城豪門聯姻，手握滔天權勢。王崇山的報復一定會猛烈至極。天哥還是早早離開天河市吧。今天能讓王崇山受辱，我已經很開心了。」

楚問天心中一暖，他知道周峰是在擔心他的安危。

「放心吧，區區一個王家，在我眼中就如同螻蟻一般，翻手便可覆滅。」楚問天一臉自信地說道，完全沒有把王家放在眼中。

他若是想覆滅王家，只需一句話，便會有無數強大的勢力代他出手。

但他之所以讓王家再苟延殘喘十天。一是因為，十天後是周峰父母的忌日。他想用仇人的鮮血，告慰周峰父母的在天之靈。

第二則是因為，他想揪出當年的幕後黑手。

五年前，發展勢頭正猛地楚氏集團，突然遭遇打壓。和他有著婚約的王家，不僅沒有幫助楚氏集團，反而直接退婚，並將所有的合作全部推翻，給了楚氏集團致命一擊。

楚氏集團覆滅後，他父母隨之失蹤。楚問天感覺到，這背後絕對有一隻黑手，在操控著一切。他父母應該沒有死，只是被幕後黑手抓走了。

所以，他準備從王家入手，揪出幕後黑手！

周峰聽到楚問天的話，雖然點了點頭，但心中還是有些擔憂。

這時，趙鼎天恭聲道：「楚少勞累了一天，我在天河市有一套小房子，可供楚少休息。」

楚問天想了想，便點頭道：「那就麻煩小天了。」

趙鼎天連忙搖頭道：「不麻煩，不麻煩。楚少能去我的房子休息，是天大的榮耀！」

他的話並不是在恭維楚問天，而是發自內心的。

作為在陽城監獄中服過刑的犯人，趙鼎天深知楚問天擁有著何等恐怖的能量。若不是因為楚問天的第一站在天河市，他根本沒有資格來給楚問天跑腿。

雲景別苑，位於北郊河畔，小區依河而建，風景秀麗，乃是天河市最頂級的社區之一。天河市六大家族中，便有家族住在雲景別苑中。

趙鼎天駕駛著悍馬車，徑直開進雲景別苑，停在一號別墅門口。

「趙哥，這就是你說的小房子？」

周峰看著上下四層，總面積超過一千平方公尺，外帶超大泳池的獨棟別墅，不由瞪大雙眼。

周家被滅前，雖然也是天河市有名的家族，資產過億。但所住的別墅，也不過只有一百多坪而已。

而趙鼎天的這棟別墅，不光面積大，而且位置極佳，乃是雲景別苑最好的一棟別墅，市價絕對超過了億元！

趙鼎天既然能買得起一棟價值上億的別墅，那足以證明他的身分非同一般，財力遠超億元。

想到這裡，周峰無比震驚地望向趙鼎天。這樣一位大人物，為何會跟在楚問天身邊？

感受到周峰的目光，趙鼎天笑了笑：「周兄弟別驚訝，這套房子在普通人眼中或許還不錯，但在楚少面前，完全不夠看。楚少若想住，就算是龍國首富的獨院、異國國王的王宮，也只是一句話的事罷了。」

周峰聞言，心中震撼的無以復加。

他沒想到，五年未見，楚問天竟然已經達到了如此高度。怪不得楚問天說，王家在他眼中就如同螻蟻一般。

「爸、媽，你們的仇，馬上就要報了！」周峰用力握了握拳頭。

此時的他，已經徹底相信楚問天能夠替他報仇雪恨！

感受到周峰的情緒波動，楚問天拍了怕他的肩膀，轉移話題道：「喜歡這樣的別墅嗎？喜歡的話，我送你一棟。」

周峰眼睛陡然一亮，變得激動起來：「真的嗎天哥？」

這樣的豪華別墅，有誰會不喜歡呢？

「當然是真的，我什麼時候騙過你。」楚問天笑著說道。

當年如果不是周峰動用周家的關係，將他送出天河市，他也不可能遇到師傅，擁有現在的成就。

別說一棟天河市的豪華別墅，就算是帝都的豪華別墅，只要周峰想要，他立刻就送給周峰。

一旁的趙鼎天聞言，立刻開口道：「既然周兄弟喜歡，那這棟一號別墅，現在就是周兄弟的了。我立刻派人，將它更換到周兄弟名下。」

說著，趙鼎天便掏出手機，準備被手下打電話。

周峰見此，嚇了一跳，連忙擺手拒絕道：「趙哥，這可使不得！」

他雖然喜歡這棟別墅，但也清楚這棟別墅的價值。雖然楚問天答應送他一棟別墅，但他以為是一棟偏遠郊區的別墅，價值不超過千萬。他怎麼也沒想到，趙鼎天竟然會直接把這棟雲景別苑的一號別墅送給他。

楚問天笑了笑，對著周峰道：「既然小天想把這棟別墅送給你，那你安心收下就好。」

「可這棟別墅的價值，實在太高了。」周峰忍不住道。

「沒事，我會補償小天的。」楚問天笑著說道。

趙鼎天聞言，連忙開口：「能為楚少辦事，是我的榮幸，怎敢奢求回報。」

楚問天搖了搖頭，一臉認真地說道：「今天的事，算我欠你一個人情。你若是拒絕，那這棟別墅就收回去吧。」

身為陽城監獄的獄警，楚問天行事公正嚴明，絕不會占別人的便宜。

趙鼎天聽到楚問天的話，心中一喜，連忙雙手抱拳，朝著楚問天深深一拜，感激道：「多謝楚少！」

楚問天的人情，價值遠超一號別墅，就算十棟一號別墅，也比不上！

楚問天微微點了點頭，將目光投向周峰，笑道：「還不帶我進去參觀參觀你的別墅。」

周峰一臉激動地推開別墅的院門，帶著楚問天走進別墅……

吃過晚餐後，周峰興沖沖地帶著楚問天出門，想要熟悉一下雲景別苑的環境。不得不說，作為天河市頂級小區，雲景別苑內的環境非常不錯。即便居住在小區內的住戶非富即貴，依舊有不少人選擇晚上出來遛彎、夜跑。

就在楚問天、周峰閒逛之時，不遠處突然傳來一聲驚呼。

「蘇少！你怎麼了蘇少！」

只見一名保鏢半跪在地上，懷中抱著一名身穿運動裝的青年。

青年臉色慘白，呼吸困難，渾身不停地抽搐。

四周遛彎、夜跑的人，聽到保鏢的呼喊，全都圍了過去。

「這不是蘇家少爺蘇銘嗎？」

「蘇銘這是怎麼了？」

「趕緊打急救電話啊！」

蘇家，天河市六大家族之一，財力雄厚，實力並不比王家差多少。而蘇銘，便是蘇家家主之子。

就在眾人議論紛紛之時，兩道急促的剎車聲響起，一道倩影帶著一名老者和幾名保鏢，急匆匆地從車上下來。

那道倩影，正是蘇銘的親姐姐——蘇芸。

她接到保鏢的電話後，便立刻帶著家中供養的中醫，用最快的速度趕來。

「徐老，我弟弟這是怎麼了？出門前還好好的，怎麼才夜跑了幾分鐘，就變成這樣了？」蘇芸滿臉擔憂地問道。

被稱為徐老的老者，收回搭脈的手，臉色難看地回應道：「蘇小姐，蘇少的心功能正在衰竭，老夫只能勉強施針，吊住他的性命！」

蘇芸臉色大變。

徐老乃是天河市有名的中醫，醫術高超。他既然這樣說了，那就證明蘇銘的情況十分危險！

「還請徐老出手。只要能保住我弟弟的性命，我蘇家定有重謝！」蘇芸懇求道。

徐老點了點頭，從隨身攜帶的針包中，取出一根銀針，然後朝著蘇銘的心臟扎去。

遠處圍觀的楚問天，微微搖了搖頭：「可惜了，原本這個青年還能挺到醫院，但這一針下去，除非國手以上的中醫出手，否則這個青年必死無疑。」

楚問天的聲音雖然不大，但蘇芸卻聽地很清楚，轉過頭，怒視楚問天。

「噗！」

就在蘇芸準備開口斥責楚問天之時，渾身抽搐的蘇銘，突然張嘴噴出一口黑血，然後直接斷氣！

「蘇銘！」

蘇芸大喊著，衝到蘇銘身旁。但無論她怎麼呼喊，蘇銘都沒有一絲回應。

「徐老，怎麼會這樣？」蘇芸焦急地問道。

徐老神色慌張、滿頭冷汗。按照他的想法，自己這一針下去，應該可以護住蘇銘的心脈，吊住他的性命。但沒想到，卻直接讓蘇銘斷了氣。

徐老眼睛一轉，立刻有了計策：「治死蘇家少爺，蘇家絕對不會放過我！必須想辦法，撇清我的責任才行！」

只見他轉過頭，一臉憤怒地望著楚問天，怒斥道：「要不是你剛才胡言亂語，影響到了我。我施展的護心針，怎會失效！」

此話一出，蘇芸和四周圍觀的人，全都匯聚到楚問天身上。尤其是蘇芸，眼中蘊含著無邊的憤怒。

楚問天見此，嘴角不禁勾起一抹玩味，說道：「你的意思是，蘇銘斷氣是因為我？」

「當然是因為你！如果不是你，蘇少爺的病情現在已經控制住了！」徐老義正言辭地說道。

「一派胡言！明明是你自己的醫術不精，治死了蘇家少爺！」一旁的周峰大聲反駁道。

徐老臉色瞬間陰沉下來：「小子，老夫乃是天河市中醫協會副會長，你竟敢說我醫術不精？誰給你的膽子！」

天河市中醫協會，是由天河市內的中醫從業者組建而成的民間協會。

雖然只是一個民間協會，但卻有著極大的影響力。徐老能在天河市中醫協會內擔任副會長，證明他確實有兩把刷子。

「徐老是市內有名的中醫，醫術高超，必定是這個青年剛剛影響了徐老！」
「沒錯，如果不是他，蘇少肯定不會斷氣。」
「我也這樣認為。」
聽著四周的議論聲，徐老嘴角勾起一抹陰謀得逞的笑容。就在他以為，已經成功將責任推給楚問天時。一道輕蔑地聲音，突然響起。
「原來是一個市級中醫協會的副會長，怪不得醫術這麼垃圾。」
開口之人，正是楚問天。
他的語氣輕蔑無比，絲毫沒有把徐老放在眼裡。
楚問天的七徒弟，乃是龍國赫赫有名的鬼醫聖手，醫術無雙！
在陽城監獄的五年，楚問天不僅將鬼醫的醫道傳承全部掏空，而且在醫道造詣，更是遠遠超過了鬼醫。
別說區區一個市級中醫協會的副會長，就算是龍國中醫協會的副會長，在他眼中，依舊是個垃圾。

第三章 小型拍賣會

楚問天的話，讓徐老感受到了極大的侮辱。他對著蘇芸喊道：「蘇小姐，還不趕快將害死蘇少的凶手拿下！」

蘇芸身後的保鏢剛準備有所行動，一聲怒喝，響徹八方。

「我看誰敢動！」

趙鼎天瞬間襲至眾人面前，雙眼暴睜，渾身散發出駭人的威勢。

「武者！」蘇芸看著突然出現的趙鼎天，眼瞳一縮。

雖然她不是武者，但蘇家作為天河市六大家族之一，家族中自然有武者存在。而蘇芸作為蘇家家主之女，她的眼力同樣不凡。她一眼便看出，趙鼎天絕對不是普通的外勁武者，實力很有可能在蘇家那名供奉之上！

她連忙對著身後保鏢喊道：「都退下！」

徐老見此，臉上不由露出不滿之色，說道：「退什麼退，他一個人還能翻天不成？」

趙鼎天聽到徐老的話，眼中寒芒一閃，直接揮動右手，狠狠扇向徐老。

「啪！」

一記響亮的耳光聲響起。

徐老直接被打翻在地，左臉之上留下一個血色掌印。

「你竟敢打我……」

徐老話還沒有說完，趙鼎天再次揮動右手，反手抽向徐老的右臉。

「啪！」

又是一記響亮的耳光響起，徐老的右臉也留下一個血色掌印。

「再敢狂吠，我打爛你的嘴！」趙鼎天寒聲道。

徐老渾身一顫，如墜冰窟。雖然此時的他，心中恨意滔天，但卻不敢發出一絲聲音。

回過神兒的蘇芸，看了看趙鼎天，又看了看楚問天。能讓武道強者跟隨，說明楚問天的身分絕對非同一般。她的腦海中立刻閃過楚問天剛才說的話，心中暗道：「難道說，這名青年真的是一名頂級中醫？」

想到這裡，她立刻做出決斷：「這位大師，求您出手救救我弟弟。只要您能救活我弟弟，我蘇家願意付百萬酬金。」

楚問天搖了搖頭，淡淡道：「一百萬可請不起我。」

「三百萬！」蘇芸加價道。

楚問天再次搖了搖頭。

鬼醫每次出手，酬金至少在八位數以上。而他作為鬼醫的師傅，酬金自然要比鬼醫更高。

蘇芸見此，咬了咬牙，承諾道：「只要大師能救活我弟弟，我蘇家欠您一個人情！」

天河市六大家族之一，蘇家的人情，價值可抵千萬！

楚問天想了想，答應道：「好！」

以他的身分，自然用不到蘇家的人情，但周峰卻可以用到。

他不可能一直待在天河市，等解決完王家後，他便會離去。到時，有蘇家這個地頭蛇幫襯，周峰在天河市必定能混的風生水起。

「蘇少已經斷氣，除非國醫聖手親至，否則絕不可能救活他。」徐老聽到楚問天和蘇芸的談話，忍不住冷笑道。

「我若是救活了呢？」楚問天玩味道。

「你要是能救活蘇少，老夫給你下跪磕頭都行。」徐老嘲諷道。

楚問天聞言，嘴角勾起一抹自信的笑容：「不過是斷氣了而已。有我在，就算閻王來了，也勾不走他的命！」

他的語氣雖然平淡，但話語中卻充斥著無邊的狂傲。

只見楚問天身形一閃，瞬間來到蘇銘身旁。他右手一揮，從徐老身上的針包內，取出七根銀針。隨即，一股玄而又玄的能量從其體內湧出，注入銀針之中。

他將手中的銀針以特殊手法刺入蘇銘的眉心，以及身上的六處大穴。

「天陽針！」

下一秒，銀針竟然開始劇烈顫動起來，原本銀色的針頃刻間變成紅色，並散發出炙熱的高溫。

「這是顫針！」徐老眼瞳收縮，臉上露出一抹不敢置信之色。

顫針乃是一種極為高明的針法，只有醫術高超的中醫才能施展出來。而整個天河市內，只有他的師兄，天河市中醫協會會長才能施展。

但現在，他竟然在一個二十多歲的青年手中，看到了顫針針法，怎能不驚？

此時的楚問天，正在忙著給蘇銘施針，並沒有注意到徐老的表情，不然定會嗤笑不已。

他所施展的可不是低端的顫針針法，而是傳說中的針法——《太乙仙針》。

《太乙仙針》共有九氏針法，他現在施展的便是第一式針法——天陽針！

顫針和《太乙仙針》相比，簡直就是天壤之別。就像是拿人階低級功法和天階高級功法相比一般，完全不再一個層次上。

就在徐老震驚之時，一道吐血聲突然響起。

「噗！」

已經斷了氣的蘇銘，突然張嘴吐出一口腥臭的黑血。這口黑血帶著劇烈的毒性，噴在地上後，竟然升起縷縷黑煙！

「活了！活了！」

「蘇少剛才不是已經斷氣了嗎？」

「這個青年竟然救活了已經斷了氣的蘇少，這簡直就是神醫啊！」

圍觀之人全都瞪大雙眼，露出震驚之色。如果不是親眼所見，打死他們也不相信，竟然有人能把已經斷了氣的人救活。

蘇芸激動地說道：「感謝大師！大師的恩情，我蘇家定會銘記於心！」

楚問天隨意地擺了擺手，彷彿只是做了一個極為平淡的事罷了。

他將目光投向徐老，玩味地說道：「人，我已經救活了。你是不是該兌現你的承諾的了？」

「這不可能！就算你懂得顫針針法，但蘇少已經斷氣，除非國醫聖手親至，否則絕不可能救活他。」徐老不相信地喊道。

國醫聖手，乃是對中醫的最高讚譽。放眼整個龍國，有資格稱之為國醫聖手的人，不超過一手之數。每一位都是中醫界鼎鼎有名的大人物！

而楚問天一個二十多歲的青年，怎麼可能是國醫聖手。打死徐老也不相信。

楚問天聽到徐老的話，眼中掠過一抹不屑。

國醫聖手雖然醫術高超，但也就是他的七徒弟鬼醫的水準罷了。而他的醫道造詣，早已超過了國醫聖手之境。稱他為醫神，毫不過分。

這時，徐老突然想到了什麼，大喊道：「我知道了，一定是我剛才施展的護心針起了效果，護住了蘇少的心脈，讓他進入了假死狀態。你只不過是利用顫針針法，讓蘇少從假死狀態醒過來罷了。沒錯，就是這樣！」

楚問天一臉輕蔑地說道：「別白日作夢了。憑你的醫道水平，再修煉十年，也無法護住蘇銘的心脈。」

「我數五個數，你若是還不下跪磕頭，那就別怪我下手無情了！」

說罷，楚問天便開始倒數。

「五、四！」

「你胡說，分明就是我救的蘇少！你是想要搶我的功勞！」徐老氣急敗壞地喊道。

他的話音剛剛落下，楚問天也正好倒數完最後一個數。

「小天，動手！」楚問天漠然道。

一旁的趙鼎天瞬間出手。

只見他一腳踹在徐老的膝蓋內側，讓其跪倒在地。然後按著徐老的腦袋，重重朝著地面砸去。

「砰！砰！砰！」

一連砸了三下，趙鼎天才鬆開手。

因為太過用力，徐老的額頭直接被撞破，鮮血淋漓，樣子十分悽慘。

楚問天見此，滿意地點了點頭，然後便帶著周峰轉身離去。

看著兩人的背影，蘇芸若有所思，對著身旁的保鏢低聲道：「查一下他們的背景。」

說罷，她又看了看跪在地上，滿臉是血的徐老，眼中掠過一抹厭惡。

相比徐老剛才所說的話，她更相信楚問天。

隨即，蘇芸不再理會徐老，命人將虛弱的蘇銘抬上車後，便離開了。留下徐老一個人，被人當成猴一樣圍觀。

「該死！都怪那個青年！要不是他，我怎麼會受此侮辱！」徐老雙拳握緊，因為太過用力，指關節被捏的發白。

他對楚問天的恨意已經達到了頂峰，恨不得將楚問天大卸八塊……

翌日清晨，雲景別苑二號別墅內，正在吃早餐的蘇芸，接下來保鏢的彙報。

「小姐，那兩人的身分已經查清。」

說著，保鏢將一沓資料，恭敬地遞給蘇芸。

蘇芸隨手接過資料，翻看起來。

「楚問天、周峰……」

幾分鐘後，看完資料的蘇芸，眼中掠過一抹異色。

她沒有想到，昨日的那兩名青年，竟然會是被王家吞併的楚氏集團、周氏集團的少爺。更讓她沒想到的是，兩人現在竟然居住在雲景別苑一號別墅。

要知道，蘇家作為天河市六大家族之一，也只是居住在二號別墅罷了。

「據傳，一號別墅是被省城地下勢力的龍頭鼎天保全公司買下。難道說，楚問天、周峰已經加入了鼎天保全公司？」蘇芸猜想道，「這樣一來，就能說通他們倆身邊為何會有疑似內勁初期的武者跟隨了。」

雖然蘇芸對鼎天保全公司派出內勁初期武者跟隨楚問天，有些驚奇。但也並沒有多想。畢竟，鼎天保全公司作為省城地下勢力的龍頭，公司內供奉的武者遠比蘇家多得多。

別說是一名內勁初期的武者，就算是內勁中期、後期的武者，也能派的出來。但蘇芸作夢也不會想到，跟在楚問天身邊的人，就是鼎天保全公司的董事長——趙鼎天，半步宗師境的強者！

思索了片刻之後，蘇芸命人拿來一張燙金請帖，交給保鏢，讓他送往一號別墅。

保鏢手持燙金請帖，恭敬地來到一號別墅。

「楚先生，我家小姐邀請您參加，今晚清風招待所舉辦的小型拍賣會。」保鏢極為客氣地說道。

清風招待所乃是蘇家的產業，同時也是天河市最頂級的招待所之一，出入招待所的人身家都在千萬之上。

每隔一段時間，清風招待所都會舉辦一次小型拍賣會。雖然規模較小，但規格卻非常高。

凡是能上拍賣會的拍品，無一不是珍品。其中不乏價值連城的珍寶。

楚問天聞言，直接回絕道：「我不感興趣。」

擁有七名神級徒弟的他，眼光極高。普通的東西，基本都入不了他的眼睛。古董珍玩、名人字畫，即便價值再高，在楚問天眼中只是一堆垃圾罷了。所以對於這場小型拍賣會，他沒有絲毫興趣。

保鏢聞言一愣，沒有想到楚問天會拒絕。回過神兒的他，連忙開口道：「楚先生，今晚的小型拍賣會上，會有珍貴的藥材上拍。」

昨天見識了楚問天的手段後，他便知道楚問天是一名極為厲害的中醫，所以便提前透露小型拍賣會上有珍貴的藥材上拍。

楚問天聞言，果然露出一抹感興趣的神色：「什麼藥材？年分多少？」

要是有上百年的藥材拍出，他倒是可以去一趟。

保鏢搖了搖頭，說道：「這就不是我能知道的了，不過據說那株藥材十分珍貴。」

楚問天眉毛一掀，以清風招待所小型拍賣會的規格，既然能被稱為十分珍貴四個字，這就說明那株藥材的價值絕對不低，很有可能年分在三百年以上，甚至更久。

「好，我參加。」楚問天道。

清風招待所位於天河市中心，最繁華的街道。

晚上八點，當趙鼎天駕駛著悍馬車，來到清風招待所時，招待所外已經停滿了豪車，沒有一輛價值在百萬之下。

此時，蘇芸正站在清風招待所門口，來回張望，似乎是在等人。

一名身穿名牌西裝，帶著金絲框眼鏡的青年看到蘇芸，立刻快步走到她面前，攀談起來。

雖然蘇芸和他有一搭沒一搭地聊著，但神色之中卻夾雜著一絲不耐煩。

突然，蘇芸看到了從悍馬車上下來的楚問天三人，準確地說，是看到了楚問天。

「李少，不好意思，失陪一下。」蘇芸丟下一句話後，便朝著楚問天走去。

原本滿臉笑容的李少，臉色瞬間陰沉下來，望著蘇芸的背影，心中惡狠狠地罵道：「臭婊子，裝什麼裝！等老子把妳拿下，再占了妳蘇家的家產後，想怎麼蹂躪妳就怎麼蹂躪妳！」

李少本名李雲波，乃是李氏集團董事長的獨子。雖然李氏集團比不上天河市六大家族，但財力同不可小覷，算得上是天河市頂尖的二線勢力。

蘇芸來到楚問天面前，伸出芊芊玉手，感謝道：「多謝楚先生。若不是楚先生出手，我弟弟現在已經是死人了。」

她之所以請楚問天來參加小型拍賣會，一是想當面感謝楚問天對蘇銘的救命之恩。二，則是想拉近一下楚問天與蘇家之間的關係。

在她看來，以楚問天現在的年紀，便有如此高超的醫術，未來前途必定不可限量。提前與這樣的神醫打好關係，只有好處沒有壞處。

雖然楚問天與王家之間有著仇怨，但蘇家的實力並不比王家弱多少。再者，楚問天還與省城的鼎天保全公司有著關係。所以，蘇芸並不畏懼王家。

楚問天伸手輕輕握了握蘇芸的芊芊玉手，隨即放開：「不用感謝，我既然收了蘇家的人情，自然會救蘇銘的命。」

對於蘇芸能叫出自己的名字，楚問天並不意外。因為在蘇芸派人調查他的時候，他就已經知道了。

但楚問天並沒有放在心上，任由蘇芸去調查。

陽城監獄作為世界上最高級別的監獄，權限極高。放眼整個龍國，有能力查到他真實資訊的人，不超過一手之數。

而蘇家，不過天河市的地頭蛇罷了，只能查到一些最表面的資訊而已。

蘇芸看著楚問天清澈的目光，頓時好感大增。

作為蘇家家主之女，她手中不僅掌握著蘇家大半的產業，而且還是個十足的美人，不論是容貌還是身材，都是上上之選。這麼多年，她還是第一次遇見，看著她沒有絲毫邪念的青年男子。

蘇芸不知道的是，陽城監獄內關押著不少絕世美人。其中，有殺人如麻的美女殺手，有冷如冰山的美女特工，甚至還有傾國傾城卻心狠手辣的異國公主。

楚問天見過的絕世美人，實在太多了。蘇芸雖然長得還不錯，但在他眼中連前一百都排不進去，自然不會讓他產生絲毫波動。

「人情的事就不用提了，那是蘇先生應得的。」蘇芸笑了笑，大氣地說道，「今天這場小型拍賣會，楚先生要是有看上的拍品，直接告訴我。我做主送給楚先生。」

這份禮物絕對可以說是一份重禮。

要知道，能上清風招待所小型拍賣會上的拍品，沒有一件是凡品。即便是最垃圾的一件拍品，價值也在數百萬以上。

要是普通人聽到蘇芸的話，絕對會立刻答應下來。但楚問天只是客氣地點了點頭，並沒有答應。

一個小家族舉辦的拍賣會而已，最貴的拍品撐死也就上億而已。若是真有自己看上的拍品，自己動動手指就能拿到手，何須讓蘇芸送他。

「拍賣會快要開始了，我送楚先生進去。」蘇芸道。

在蘇芸的帶路下，楚問天、周峰、趙鼎天來到清風招待所頂層的拍賣廳。

拍賣廳的面積雖然不大，只能容納五十名賓客，但卻裝修得極為奢華。

楚問天三人的位置被安排在了第三排。蘇芸將他送到位置後，便去迎接其他重要的賓客了。

蘇芸剛剛離開，一道人影便一屁股坐在了楚問天前民的空位上。

「小子，你要是不想死的話，就離蘇小姐遠一點！」

開口之人，正是李雲波，他對蘇芸和蘇家的家產，志在必得，絕不允許有異性接近蘇芸。

對於李雲波的威脅，楚問天只是淡淡地回了一個字。

「滾！」

楚問天的話，讓李雲波眼中瞬間湧起一團怒火。如果不是因為在拍賣廳內動手，會給蘇芸留下不好的印象，他絕對要狠狠教訓楚問天。

「小子，夜路難走，等拍賣會結束後，你可要注意安全啊。」李雲波陰測測地說道，話語中的意思，不言而喻。

說罷，他便起身，一臉傲然地朝著第一排的位置走去。

李氏集團作為天河市頂尖的二線勢力，自然有資格坐在拍賣廳的第一排。

「楚少，我這就把他扔出去。」趙鼎天望著李雲波的背影，眼中寒芒閃爍。

楚問天擺了擺手，淡淡道：「一隻跳蚤而已，不用在意。」

他既然接受了蘇芸的邀請，參加這場小型拍賣會，自然要給蘇芸幾分面子。至於李雲波的威脅，他並沒有放在心上。

區區一個李氏集團而已，他抬手間便可覆滅。若是李雲波找死，那他不介意讓李氏集團換個新的主人。

半個小時後，拍賣廳內座無虛席，小型拍賣會正式開始。

蘇芸款款走上臺，環顧四周，笑著說道：「歡迎各位賓客參加此次小型拍賣會。拍賣會的規矩大家想必都知道，我也就不多說了，希望各位賓客今天都能拍得心儀之物。廢話少說，直接請上第一件拍品。」

話音落下，一名身材火辣、穿著清涼的美女，托著木盤，走上拍賣臺。木盤上盛放著一隻精美無比的瓷瓶，在燈光的照射下，顯得十分奢華。

蘇芸指著瓷瓶，介紹道：「宋代官窯瓷瓶一只，傳承有序、保存完整，是難得一見的精品。底價三百萬，每次加價不得低於五萬！」

蘇芸的話剛剛落下，立刻便有感興趣的賓客，開始競價。

「三百一十萬！」

「三百一十五萬！」

「三百二十萬！」

短短幾分鐘的時間，瓷瓶的價格便從三百萬飆升到了五百萬。

最終，被第二排的一名賓客以五百八十萬的價格拍得。

「接下來讓我們請上第二件拍品。」蘇芸道，「唐代彌勒佛像一尊，底價三百五十萬，每次加價不得低於五萬！」

「三百六十萬！」

「三百六十五萬！」

「三百七十萬！」

最終，唐代彌勒佛像被第一排的一名賓客，以六百五十萬的價格拍得。

經過前兩件拍品的預熱，拍賣會的氣氛變得熱烈起來……

半個小時轉瞬而逝，已經拍出十數件拍品，無一流拍。沒有一件拍品的價格低於三百萬。

目前，成交價最高的一件拍品，價格已經超過了一千八百萬。

楚問天坐在位置上，翹著二郎腿，臉上毫無興致，與四周的賓客有著鮮明的對比。

在這些賓客眼中，瓷瓶、金佛、字畫，都是可以收藏的珍寶，但在楚問天眼中，它們與垃圾無異。

若不是為了蘇家保鏢所說的那株珍貴藥材，他才不會在這裡浪費時間。

一轉眼，又過去了半個小時，小型拍賣會終於來到尾聲，請上了壓軸拍品。

第四章

上品小參王

拍賣臺上，主持人已經從蘇芸換成了一名氣度不凡的中年男子。他便是蘇芸的父親，蘇家家主——蘇衛國。

此時，所有賓客的目光，都聚集在蘇衛國手中的一個精緻木盒上。

只見蘇衛國緩緩打開木盒，一株品相絕佳的野山參展現在眾賓客的眼前。

「之前就聽說，此次小型拍賣會的壓軸拍品，是一株珍貴無比的藥材。沒想到竟然是真的。」

「我曾今見過一株百年野山參，但與木盒內的這株野山參相比，完全不在一個等級上。」

「依我看，這株野山參的年分，至少在三百年以上！」

聽著四周的議論聲，蘇衛國的臉上露出一抹自得，因為這株野山參的主人，就是他自己。

蘇衛國指著野山參介紹道：「這株野山參，來自於長白山，年分達到了五百一十年！」

他的話音剛剛落下，拍賣廳再次響起了陣陣驚呼。

「我的天，這竟然是一株五百年的野山參！」

「今天真是開眼了，沒想到竟然能在青峰招待所的小型拍賣會上，見到一株小參王。」

「這可是一株小參王啊，價值絕對在三千萬以上！」

珍貴藥材的生長年分越長，藥效便越強。若是能達到五百年以上，更是會發生質的變化。所以，五百年以上的珍貴藥材，也被稱之為小藥王。

而千年以上的珍貴藥材，更是被稱之為藥王！

每一株都價值連城、舉世罕見！

當今世界，別說是千年以上的藥王，就算是五百年以上的小藥王都稀少無比，只有一些頂級豪門中有所珍藏。

楚問天沒有想到，竟然會在天河市的一場小型拍賣會上遇到。

「運氣不錯。」楚問天嘴角勾起一抹淡淡的笑容。

蘇衛國伸手朝著虛空按了按，示意眾人安靜下來。

「這株野山參乃是蘇某偶然所得，一直收藏於家中。如果不是因為蘇某得到了品質更好的野山參，是絕對不會將它拿出來拍賣的。」蘇衛國接著說道，「這輪競拍的方式，和前面有所不同。不用金錢競拍，而是以物易物。誰拿出的寶物更珍貴，這株野山參便歸誰。」

對於蘇衛國突然更換競拍方式，眾賓客雖然感到有些意外，但又都覺得可以理解。

畢竟，這株五百一十年的小參王珍貴無比。用以物易物的方式競拍，才更讓自身利益最大化。

坐在第一排的李雲波，雙眼死死盯著木盒中的野山參，眼中盡是激動。

他率先出價道：「我願意用一對清代琺瑯彩瓷瓶，和蘇家主交換！」

琺瑯彩瓷器乃是清代宮廷御用瓷器，極為珍貴，數量稀少。

李雲波所說的那對清代琺瑯彩瓷瓶，乃是他父親一年前，花了三千萬五百萬在國外某個拍賣會上拍得的。

拍賣廳內先是一靜，然後便響起了數道競價聲。

「這株小參王，我趙家要定了。趙家願用一只唐三彩陶馬和蘇家主交換。」

「本少願用一隻元代青花瓶，和蘇家主交換。」

「我陳家願用一塊頂級玻璃種翡翠交換。」

雖然李雲波出價極高，但拍賣廳內的賓客，各個身價不凡。其中財力不弱於李氏集團的就有三四家。

就在李雲波和其他幾名貴賓互相競價之時，座位上的楚問天眼中精芒閃爍。

蘇衛國剛才的話，說明他手中除了這株五百一十年的野山參外，還有一株品質更好的野山參。這讓楚問天有些心動。

小藥王這種級別的藥材，平常即便是一株都極難遇到，更別說是一次性遇到兩株了。

所以，楚問天打算將蘇衛國手中的那兩株小參王，全部收入囊中。但他想到蘇衛國定下的競拍方式是以物易物時，眉頭不禁微微皺起。

若是用金錢競拍，他根本無需犯難。

因為他手中的銀行卡，皆來自於七個神級徒弟。

要知道，他的徒弟中可是有著富可敵國的東洲財閥，有著世界頂級殺手組織的首領，還有著數千年傳承的吸血鬼親王！

七個徒弟的財富，加起來足以影響世界經濟！

所以金錢對楚問天來說，就是一串數字而已。別說是十億、百億，就算是花掉千億，他都毫不在意。

但這輪競拍卻是以物易物，這讓他心中有些犯難。不是他沒有寶物和蘇衛國交換，而是因為他身上的寶物，實在太貴重了，每一件都是無價之寶，遠不是兩株小藥王能夠相比的。

一旁的趙鼎天看到楚問天緊皺的眉頭，便想替他出價，但卻被楚問天擺手拒絕。

身為陽城監獄的獄警，麾下還有著七名神級徒弟的他，豈能一直占別人的便宜。

他看了看拍賣臺上的蘇衛國，眼睛微微一瞇，瞬間想到了兌換之物。

這時，李雲波與其他幾名貴賓的競價已經到了尾聲。

「我願意用一對清代琺瑯彩瓷瓶、一只明代宣德爐和一塊頂級雞血石，與蘇家主交換！」李雲波朗聲道。

李雲波喊出的四件東西，總價值超過了七千萬。

其他幾名貴賓見此，都搖了搖頭，最終放棄了競拍。

就在李雲波以為拍得野山參之時，一道清冷的聲音，突然從第三排傳出。

「這株野山參，和蘇家主家裡珍藏的另外一株野山參，我都要了！」

楚問天的話，頓時引起一片譁然，眾賓客都朝著聲音來源望去。

「這人是誰？從來沒有見過啊。」

「哪裡來的毛頭小子，竟敢口出狂言！」

「一個坐在第三排的普通賓客，竟然敢在拍賣會上放肆，真是不知死活。」

站在拍賣臺旁的蘇芸，看著楚問天，柳眉緊簇，臉色變得十分難看，心中對楚問天的好感瞬間蕩然無存。

在蘇芸看來，楚問天此時開口，絕對是想動用之前自己給他的承諾。

「楚先生，我是向你承諾過，拍賣會上你要是有看上的拍品，直接告訴我，我可以做主送給你。但那只是針對普通的拍品，而不是最後的壓軸拍品。」蘇芸冷著臉說道。

「原來是一個想占便宜的無恥之人。」

「蘇小姐好意給你承諾，你卻想著占最大的便宜，真是貪得無厭！」

「這樣的垃圾，根本不配坐在拍賣廳！」

楚問天眉頭微皺，知道蘇芸誤會他了，開口道：「妳之前的承諾，我從未當真。我參與競拍，自然是有東西與蘇家主兌換。」

蘇芸聞言，臉上露出不信之色：「李少已經出價一對清代琺瑯彩瓷瓶、一只明代宣德爐和一塊頂級雞血石，你拿什麼東西比過李少？」

楚問天淡淡道：「蘇家主的命！」

楚問天的話，讓蘇芸臉色驟變，怒斥道：「放肆！」

坐在第一排的李雲波，轉頭望向楚問天，冷笑道：「在清風招待所內，竟敢威脅蘇家主，真是好大的狗膽！保全，還不將此子拿下！」

拍賣廳內，瞬間湧進來十數名身強力壯的保全，將楚問天三人團團圍住。

「蘇家主，你若是不想死的話，就速速讓保全退下！」趙鼎天冷聲道。

「死到臨頭，竟然還敢口出狂言，簡直找死！」李雲波一臉嘲弄地說道。

在他看來，楚問天三人必死無疑。

「閉嘴！」

只聽蘇衛國怒喝一聲，帶著無盡的怒火跳下拍賣臺，快步朝著賓客席走去。

「聽到了嗎？蘇家主讓你閉嘴！」李雲波冷笑連連。

就在他以為蘇衛國要親自教訓楚問天三人時，只見一隻大手，突然扇在他的左臉上。

「啪！」

一記響亮的耳光，響徹整個拍賣廳。

蘇衛國這一巴掌用盡了全力，直接打斷了李雲波兩顆牙齒。

「蘇家主，你為什麼打我？」李雲波摀著臉，口齒不清地說道。

不光是李雲波自己不敢置信，就連蘇芸，還有拍賣廳的其他賓客，也直接傻了。

「老子不光要打你，還要狠狠教訓你！」蘇衛國怒吼道，「來人，把他拖下去，打斷雙腿，然後扔出清風招待所！」

眾保全聽到蘇衛國的命令，先是愣了愣，然後連忙拖著李雲波，朝著拍賣廳外走去。

雖然李雲波強烈反抗但沒有絲毫武力的他，根本無法從保全們的手中掙脫。

「蘇家主，你不能這樣對我。我爸可是李氏集團的董事長，你這樣做，就是在向我李氏集團宣戰！」李雲波大吼道。

但蘇衛國卻好像沒有聽到他的話讓，反而催促保全快點動手。

「啊！」

幾秒鐘後，拍賣廳外便傳出了李雲波痛苦的慘叫聲。

拍賣廳內的賓客們，聽著李雲波的哀號，全都渾身一顫，望向蘇衛國的目光充滿驚懼，生怕蘇衛國會突然對他們動手。

這時，蘇衛國開口道：「此次小型拍賣會到此結束，諸位賓客請回吧。」

眾賓客們聞言，全都鬆了一口氣，連忙離開拍賣廳。

不一會，拍賣廳內便只剩下了蘇衛國、蘇芸和楚問天三人。

蘇芸忍不住問道：「爸，你為何突然對李少動手？」

蘇衛國沒有回答蘇芸，而是快步來到趙鼎天面前，在蘇芸震驚的目光中，朝著趙鼎天躬身抱拳，一臉諂媚地說道：「趙董好。」

他之所以突然變臉，並狠狠教訓李雲波，正是因為看到了楚問天身邊的趙鼎天。

他曾在一個省城豪門舉辦的宴會上，與趙鼎天有過一面之緣，所以才能一眼認出趙鼎天。

蘇家雖然是天河市六大家族之一，財力強大，即便是面對有著天河市第一家族之稱的王家相比，也絲毫不懼。

但和省城地下世界的龍頭鼎天保全公司相比，卻有著巨大的差距。趙鼎天若想覆滅蘇家，並不難。

「趙董？」蘇芸聽到父親的話，臉上不禁露出一抹疑惑。

楚問天身邊的這名武者，雖然實力不凡，但也只是鼎天保全公司的一名武者罷了，怎麼會讓父親如此卑躬屈膝？

突然，蘇芸想到了什麼，雙眼陡然大睜。

鼎天保全公司、趙董……難道，楚問天身邊的這名武者，就是鼎天保全公司的董事長——趙鼎天！

想到這裡，蘇芸心中頓時湧起無限的恐懼，連忙和父親一樣，躬身抱拳道：

「趙董好！」

趙鼎天微微點了點頭，然後鄭重地向蘇衛國、蘇芸介紹道：「這位是楚少，他的身分比帝都、魔都的世家少爺還要尊貴百倍！」

蘇衛國、蘇芸聞言，全都渾身一顫，連忙朝著楚問天行禮，說道：「見過楚少！」

此時的蘇芸，心中後悔萬分。她本以為楚問天是想空手套白狼，用自己的承諾白嫖那株小參王，卻沒想到楚問天的背景竟然如此強大，連趙鼎天都甘願在他身邊當個小跟班。

如果她能早點知道楚問天的身分，絕對不會開口得罪楚問天。

「蘇家主，我在拍賣會上提出的兌換條件，你可同意？」楚問天望著蘇衛國，道。

蘇衛國連忙回答道：「同意！同意！我這就派人，去將家裡珍藏的另外一種野山參取來，送給楚少。只求楚少大人有大量，饒我一命。」

他以為楚問天在拍賣會上所說的，用他的命兌換兩株野山參，是在威脅他。所以才會求饒。

楚問天聽到蘇衛國的話，便知道他誤會自己的意思了，剛準備開口解釋。一旁的蘇芸噗通一聲跪倒在地，懇求道：「楚少，都是我有眼無珠，得罪了楚少，您要懲罰就懲罰我一人，只求您放過我父親。」

「我何時說過要取妳父親的命？」楚問天失笑道，「我說用妳父親的命兌換兩株野山參，是因為妳父親中毒已深，除非國醫聖手以上的名醫出手，否則妳父親活不過三天。」

「什麼！」

蘇芸和蘇衛國臉色同時一變。

「楚少，你說的可是真的？」蘇芸忍不住問道，「但我父親並沒有任何中毒的跡象啊？」

「當然是真的，妳不信的話，可以讓你父親脫掉上衣，看他的胸口處是否有一個小紅點。妳伸手按一按那個小紅點，妳父親便會出現一股鑽心的疼痛。」楚問天道。

不信邪的蘇芸，立刻讓父親脫掉上衣，看到他的胸口處，果然有一個小紅點。她按照楚問天說的，伸手按了按那個小紅點。

「啊！」

蘇衛國突然發出一聲痛徹心扉的慘叫，倒在地上來回打滾，滿臉痛苦。

「爸，你怎麼了！」

蘇芸跪在蘇衛國身旁，不停呼喊。但蘇衛國根本聽不到女兒的聲音，此時的他痛不欲生，滿腦子只剩下疼痛。

過了好一會，蘇衛國的慘叫聲才漸漸削弱。

此時的蘇衛國，渾身已經被汗水浸溼，就像是剛從水池裡撈出來一樣。

經過驗證，蘇衛國和蘇芸終於相信了楚問天的話。

「還請楚少出手，救我父親一命。我蘇家必定感激不盡！」蘇芸懇求道。

楚問天聞言，淡笑道：「我既然開口了，自然會出手。」

只見他右掌一翻，一個古樸的針包突然憑空出現在手上。

如此詭異的手段，讓蘇衛國、蘇芸心中震驚不已。

蘇衛國還沒有從震驚中回過神來，就看見四根銀針突然飛射而出，刺入他的心臟四周。

「地陰針！」楚問天心中低喝一聲。

他右手一揮，一股玄而又玄的能量從體內湧出，注入銀針之中。

下一秒，銀針開始劇烈顫動起來，原本銀色的針頃刻間變成黑色，並散發出冰冷的寒氣。

四周的溫度，瞬間下降了十幾度！

「你父親中的毒比你弟弟中的毒，毒性更強，乃是一種特殊調製的奇毒，一旦發作，便可瞬間斃命。」楚問天一邊施針，一邊開口道。

「雖然這種奇毒，毒性猛烈。但卻十分珍貴，只要能將其毒性去除，就可變成大補之物。」

說著，楚問天催動《太乙仙針》第二式——地陰針，全力吸收奇毒的毒性。

幾秒鐘後，一滴滴黏稠的黑色液體，通過銀針排出體內。蘇衛國的臉上不禁露出一絲快感。

此時的他感覺自己好像被一股清涼的泉水包裹，舒爽至極。

片刻後，楚問天收回銀針。

蘇芸看起來還未甦醒的父親，一臉擔憂地問道：「楚少，我父親體內的毒還沒去除嗎？」

楚問天道：「奇毒的毒性全都去除了，妳父親之所以還沒有甦醒過來，是因為正在吸收奇毒的能量。」

十分鐘，蘇衛國緩緩睜開雙眼，忍不住發出一聲長嘯。

「啊！」

這聲長嘯洪亮如鐘，一點也不像是五十多歲的中年人，倒像是四十來歲的壯年。

此時的蘇衛國感覺自己真的年輕了十歲，渾身上下充滿力量。

楚問天上下打量了蘇衛國一眼，淡笑道：「運氣不錯，我原以為奇毒的能量，只讓你突破到外勁初期巔峰，沒想到你竟然直接突破到了外勁中期。」

蘇衛國聞言，雙眼大睜，滿臉不敢置信地說道：「楚少的意思是，現在的我已經是一名外勁中期的武者了？」

身為蘇家家主，他自然知道武者的修煉有多難。

普通人想要成為外勁中期武者，至少需要數年，乃至十數年的苦修。而他僅用了十分鐘的時間，就成為了外勁中期武者，這怎麼可能？

看到蘇衛國的神色，楚問天微微一笑，沒有開口解釋，而是拉起一把沉重的木椅，直接扔向蘇衛國。

拍賣廳內的木椅，全都是用上好的木材打造而成，每一把都有著數十斤的重量。若是砸在普通人身上，絕對能將其砸成重傷。

看著襲來的木椅，蘇衛國躲閃不及，只得下意識揮動右手阻擋。

「砰！」

一道沉悶的聲響傳出，沉重的木椅竟然被蘇衛國一掌擊飛。

「這是怎麼回事？」

蘇衛國看著自己的右手，眼中充滿震驚。

「雖然你還沒有修煉功法、武技，但已經有了外勁中期的修為，身體素質大大提升。別說一把木椅，就算是上百斤的巨石，也能輕鬆打飛。」楚問天笑著說道。

這下，蘇衛國終於徹底相信，自己真的成了一名外勁中期的武者。

「多謝楚少！」蘇衛國發自內心地朝著楚問天躬身一拜。

楚問天不僅救了他的命，還給了他一場造化，這樣的恩情，如同再生父母。

楚問天擺了擺手，不在意地說道：「用不著謝我，我出手救你不過是一場交易罷了。」

蘇衛國起身後，連忙派人去家裡取另外一株珍藏的野山參。

在等待另外一株野山參的時候，蘇芸忍不住問道：「楚少，我父親和弟弟最近一直待在家中，怎麼會中奇毒呢？」

「這兩種奇毒，乃是由擅長製毒的武者用祕法製成，不僅毒性強烈，而且還可以長期潛伏在體內。」楚問天道，「你父親和弟弟體內的奇毒，可不是最近中的，而是一個月前中的。」

「一個月前！」

蘇芸、蘇衛國相互對視一眼，心中同時湧出一個名字。

蘇衛兵！

蘇衛兵乃是蘇衛國的親弟弟，蘇芸的親叔叔，在蘇家內掌握著極大的權勢。

一個月前，蘇衛兵曾在家中住過幾天，有著極大的作案嫌疑。

而且最重要的是，蘇衛國和蘇斌若是身死，蘇衛兵便可以趁機上位，徹底掌控蘇家，成為新任蘇家家主！

「喪心病狂的畜生！為了家主之位，他竟然敢對自己的親人下毒手！」蘇衛國怒罵道。

他立刻派出蘇家供奉，去抓捕蘇衛兵！

半個小時後，蘇家供奉傳回消息，蘇衛兵跑了。

「看來這個畜生在家族內安插了不少眼線。我這邊剛有所察覺，他就收到消息，提前跑路了！」蘇衛國咬牙切齒道。

「雖然沒能將二叔繩之以法，但好在提前破除了二叔的陰謀。也可趁此機會，肅清家族內的蛀蟲。」蘇芸道。

蘇衛國聞言，點了點頭。

這時，派去取野山參的人返回拍賣廳，手中捧著一個精緻的木盒。

蘇衛國連忙接過木盒，將其和另外一株野山參，一同恭敬地遞給楚問天。

楚問天打開木盒，一株長約三尺的長白山野山參，映入眼簾。

「八百五十年！」

楚問天眉毛一掀，一眼便判斷出這株野山參的具體年分，眼中不禁掠過一絲驚喜。

第五章 混沌煉氣訣

雖然蘇衛國之前說，他家中珍藏的那株野山參品質更好。但楚問天還以為，那株野山參的年分也就是六百來年。但他沒想到，竟然會是一株八百五十年的小參王。

這樣的品質，即便在小藥王之中都屬於上品了。

這株八百五十年的野山參，藥效足以抵擋上兩株五百一十年的野山參了。

「感謝楚少救命之恩，除了這兩株野山參外，我蘇家願再拿出一億，報答蘇少。」蘇衛國無比感激地說道。

楚問天不僅救了他和蘇銘，還救了他們一家。如果不是楚問天，蘇家就將落入蘇衛兵手中。到那時，蘇芸母女的下場也必定十分悽慘。

楚問天聞言，擺手拒絕道：「有這兩株野山參足矣。」

一億對於普通人來說，絕對算是一筆天大的財富，但在他眼中，只不過是一串數字罷了。

收下兩株野山參後，楚問天便準備帶著周峰、趙鼎天離去。

蘇衛國見此，咬了咬牙，心中似乎下定了某個決心。

只見他雙手抱拳，深深一拜，無比鄭重地說道：「我蘇家願意追隨楚少，成為楚少的馬前卒，聽從楚少的號令。」

楚問天聞言，漠然道：「蘇家想要追隨我，還不夠格。」

蘇家雖然是天河市六大家族之一，但也僅僅只是一個龜縮在一城的小家族罷了，根本沒有資格追隨他。

別說是蘇家，就算是省城頂級豪門，也沒有資格追隨他。

趙鼎天身為省城地下勢力龍頭，鼎天保全公司的董事長，也只是給他跑跑腿而已。

蘇衛國聽到楚問天的話，臉色一黯，知道是自己痴心妄想了。

就在他準備起身時，楚問天接下來的話，又給了他一絲希望。

「雖然蘇家無法追隨我，但看在這株八百五十年的上品小參王的分上，我可以給蘇家一個追隨我兄弟周峰的機會。」楚問天淡淡說道。

蘇衛國聞言，連忙將目光投向一旁的周峰。

他腦海中千轉，瞬間做出決定：「蘇家願意追隨周少，聽從周少的號令！」

雖然周峰只是一個普通人，並沒有什麼過人的能力。但他是楚問天的兄弟，這一點就足夠了！

還沒有從震驚中回過神來的周峰，就看到一旁的趙鼎天也連忙躬身抱拳，一臉急切地說道：「鼎天保全公司也願意追隨周少，聽從周少的號令！」

趙鼎天遠比蘇衛國了解楚問天，知道楚問天的兄弟這六個字意味著什麼。既然蘇家可以追隨周峰，那他同樣也可以追隨周峰。對於他來說，這絕對是一場大機緣，他必須把握住！

楚問天嘴角微揚，並沒有阻攔趙鼎天。

這段時間，趙鼎天不僅鞍前馬後，還送了周峰一棟價值上億的別墅。論功績，絕對要高過蘇家拿出的那兩株小參王。

既然趙鼎天想爭取一把，楚問天自然願意給他一個機會。

「天哥，我該怎麼辦？」周峰有些不知所措。

他從沒有想過，省城地下世界的龍頭和天河市六大家族之一的蘇家，竟然會追隨與他。

楚問天拍了拍周峰的肩膀，建議道：「你若是想闖出一片天地，那就收下他們。若是只想當著普通人，安穩一生，那就拒絕他們。」

這兩個選擇，代表著周峰未來想走的路。不論他怎麼選，楚問天都尊重他。

周峰沉默了良久，最終做出了選擇。

「天哥，我想要闖出一片天地！」

周峰心中很清楚，若自己想做個普通人，楚問天絕對可以讓他富足一生。

但作為楚問天的兄弟，他怎麼可能心安理得地接受楚問天的庇護。他想闖蕩一番，希望自己能成為有用之人，有朝一日能幫助楚問天！

楚問天點了點頭，轉頭望著趙鼎天、蘇衛國，冷聲道：「既然你們選擇追隨周峰，那此生便不能背叛。若讓我知道你們有任何不軌舉動，即便你們逃到天涯海角，我也會將你們挫骨揚灰！」

趙鼎天、蘇衛國紛紛發下毒誓。

「我趙鼎天此生絕不會背叛周少，如有違背，天打雷劈！」

「我蘇衛國此生也絕不會背叛周少，若是違背，就讓我墮入地獄，永世不得超生！」

楚問天眼中露出滿意之色，隨後便帶著周峰、趙鼎天離開青峰招待所。

就在三人返回雲景別苑之時，天河市南郊，一座裝飾奢華的別墅內，一名身穿睡袍的中年男子，坐在沙發上，看著左臉腫脹、雙腿被打斷的李雲波，臉色陰沉無比。

此人便是李雲波的父親，李氏集團董事長——李成建。

「爸，蘇家為了一個小白臉，竟然敢如此對我。你可要為我報仇啊！」李雲波嚎叫道。

李成建聞言，冷聲道：「那個小白臉不僅與蘇芸關係匪淺，還敢搶那株野山參，破壞我李家的大事，簡直罪該萬死！不過在動手之前，得先查一查他的背景才行。」

說罷，他便命人去調查楚問天……

此時，駕駛著悍馬車的趙鼎天，看了一眼後視鏡，彙報道：「楚少，有車輛正在跟蹤我們。」

楚問天淡漠道：「既然有人想要找死，那就成全他們吧。」

「是！」

趙鼎天聞言，便一打方向盤，將車離開主路。

不一會，趙鼎天駕駛著悍馬車來到一條還未修通的馬路，停了下來。

一連串的剎車聲響起，數十輛車跟著停了下來。

車上下來上百人，皆手持砍刀，穿著統一制服。

仔細望去，這些人制服的胸口處，畫著一隻猙獰的虎頭。

他們皆來自於天河市地下世界的掌控者——戰虎保全公司。

為首的幾個人，便是戰虎保全公司的高層，全都是武者，雖然修為都只有外勁初期、外勁中期，但他們手中拿著的，卻不是冷兵器，而是手槍！

而戰虎保全公司董事長李虎的手中，更是拿著一把殺傷力驚人的微型衝鋒槍。只見李虎右手一揮，手下們立刻將悍馬車團團圍住。

「內勁初期武者？呵呵！」李虎嘴角勾起一抹輕蔑。

內勁初期武者雖然強大，但還做不到無敵。

面對一把手槍，內勁初期武者還有可能躲過。但若是數把手槍同時射擊，內勁初期武者必定抵擋不住。

更別說，他還拿著一把微型衝鋒槍，並帶了上百名手持砍刀的打手。這樣的陣容，就算是對付內勁中期的武者，也足矣。

李虎舉著微型衝鋒槍，邁著囂張的步伐，走到悍馬車旁：「裡面的人，速速滾下來受死！要怪就你們得罪不該得罪的人！」

「李虎，好大的威風啊。」

一道充滿嘲弄的聲音，從車內傳出。

李虎眉頭微皺，感覺這道聲音有些熟悉，就在他思索這道聲音的主人是誰時，主駕駛室的車門打開，趙鼎天緩緩下車。

上一秒還囂張無比的李虎，眼瞳驟縮，身體不自覺地顫抖起來：「趙……趙董。」

作為天河市地下世界的掌控者，李虎自然與省城地下世界的鼎天保全公司有過來往，認識趙鼎天。

「你剛才讓我滾下來受死？」趙鼎天望著李虎，聲音冰冷地說道。

「誤會！趙董，這一切都是誤會！我剛才那番話，不是對您說的。」李虎連忙開口道。

此時的他，心中已經恨死王崇山了。

這他媽是內勁初期的武者？分明是一名半步宗師的強者！而且還是省城地下世界的龍頭！

王崇山竟然讓他對趙鼎天動手，簡直就是讓他來送死！

趙鼎天聞言，雙眉倒豎，殺意沸騰地說道：「不是對我說的，那難道是對楚少和他的兄弟說的？」

恐怖的殺意，直接將李虎壓得跪在地上。

「楚少？」李虎心中恐懼到了極點。

能讓趙鼎天都稱之為楚少的人，最起碼也是世家少爺這一級別的人物。那種大人物動動手指，就能將他碾死千百回。

而李虎不知道的是，楚問天的真實身分遠比他猜想的世家少爺恐怖無數倍！

「不不不！誤會！真的都是誤會！」李虎語速飛快地喊道，「趙董，我就算有一百個膽子，我也不敢跟楚少作對。我完全是受了王崇山的矇騙，還望楚少明鑑。」

說著，李虎扔下手中的微型衝鋒槍，朝著悍馬車，用力磕起頭來。

直到李虎磕了上百個頭，將額頭磕得血肉模糊之後，悍馬車內才傳出一道冷漠的聲音。

「龍國境內，非法持有槍枝乃是重罪，所有持槍的人，明天主動去江北省監獄服刑吧。」

聽到楚問天的聲音，李虎非但沒有一絲不滿，反而滿臉歡喜地喊道：「多謝楚少！多少楚少！」

不光他，其餘幾名戰虎保全公司的高層，也都跪在地上，高呼道：「多謝楚少！多謝楚少！」

在他們看來，得罪了楚問天這樣的大人物，竟然還能撿回一條命，簡直就是天大的運氣。

趙鼎天瞥了李虎等人一眼，轉身上車，然後駕車離去。

半個小時後，楚問天三人回到了雲景別苑一號別墅。

臥室內，楚問天右手一揮，裝有野山參的兩個精緻木盒，突然出現在面前。

「有了這兩株小參王，我的修為應該可以更進一步。」楚問天嘴角勾起一抹淡淡的笑意。

只見他盤腿坐於床上，然後雙手結出一個玄奧的手印。

「混沌煉氣訣，吞！」

楚問天低喝一聲，伸出右掌對準兩株野山生。一股恐怖的吞噬之力，陡然從其掌心爆發而出，宛若一個迷你黑洞一般。

當今世界，除了武者之外，還有另外一種更加強大的修煉體系，那便是修仙者！

相比武者，修仙者的數量更加稀少。因為只有擁有靈根的人，才能成為修仙者。

如果說，武者在普通人中的比例是萬分之一，那修仙者在普通人中的比例，便是百萬分之一！

而楚問天，就是一名擁有著極品靈根的修仙者！

他的師傅，陽城監獄的獄長同樣也是一名修仙者。這也是為什麼陽城監獄，可以成為世界上級別最高監獄的原因。

修仙者的境界分為：煉氣期、築基期、金丹期。

在金丹期之後，還有更高的境界，但楚問天還沒有接觸到。

其中，煉氣期共有十二層，與武者境界的外勁、內勁、化勁相對應。築基期與武者境界的神境相對應。

雖說是對應，但同等境界的修仙者，實力遠超武者，不僅可以輕鬆碾壓同階武者，甚至可以越階而戰。

以楚問天的資質，若是修煉普通的修仙功法，早就達到築基後期，甚至是築基巔峰了。但他師傅傳授給他的功法，卻是一部極為詭異的功法，名為《混沌煉氣訣》。

顧名思義，《混沌煉氣訣》乃是一部煉氣功法，修煉者無法突破到築基期、金丹期……但詭異的是，這部功法卻打破了煉氣十二層的定律，可以讓修煉著突破到十三層、十四層、十五層……

只要吞噬到足夠的能量，修煉者就可以不斷突破，沒有瓶頸！

按照楚問天師傅所說，只要楚問天努力修煉，未來就算達到煉氣一百層，都不是問題！

隨著《混沌煉氣訣》的施展，兩株野山參的藥力不斷湧入楚問天體內，化作兩股奔騰的能量河流，朝著他的丹田湧去。

半個小時後，當最後一絲藥力被他吸收的瞬間，虛空猛烈震盪，一股強大的威勢從楚問天體內爆發而出。

房間內的床、桌椅、櫃子，全都瞬間碾為齏粉！

楚問天連忙收回威勢。如果他在遲上一秒鐘，整座別墅都會威勢摧毀。

「突破到第十四層了！」

楚問天握了握拳頭，感受到體內磅礡的力量，眼中掠過一抹璀璨的精芒。

煉氣十四層，雖然在修為上僅僅相當於築基中期的修仙者。但楚問天體內的靈氣雄厚程度，遠比築基中期修仙者雄厚十倍！就算是築基巔峰的修仙者，也比不上他！

此時的他，戰力再次暴漲。即便是神境巔峰的武者、築基巔峰的修仙者，都不是他的對手。

「之前對付大徒弟，還得費一番工夫。但現在，一隻手就能將他打翻。」楚問天自語道。

他的話若是傳出去，定會讓整個世界為之震動。

因為他的大徒弟，乃是天師府的當代天師，道門領袖！世界神榜前三的頂級強者！

而突破煉氣十四層的他，竟然只用一隻手，就能將其打翻！

「吞噬了一株八百五十年的上品小參王，和一株五百一十年的小參王，才勉強讓我突破到了煉氣十四層。想要突破第十五層，需要的能量是第十四層的五倍以上。至少需要十株小藥王，或者兩株千年以上的藥王才行。」楚問天臉上不禁露出一抹無奈。

雖然修煉《混沌煉氣訣》，沒有瓶頸。但每次突破所需的能量，實在太龐大了。

想要湊齊十株小藥王，或是找到兩株千年以上的藥王，絕非易事。

楚問天輕嘆一聲，閉上雙眼，繼續運轉《混沌煉氣訣》，開始鞏固修為。

翌日清晨，結束修煉的楚問天，陡然睜開雙眸，兩道實質性的目光，從眼中爆射而出。

經過一夜的修煉，他已經將修為徹底穩固在煉氣第十四層。

楚問天起身伸了個懶腰，走出房間。

「小天，把我的房間收拾一下，重新換一套家具。」楚問天吩咐道。

「是！」

趙鼎天立刻打電話，命人送一套高檔家具過來。

「楚少，您的修為精進了？」

這時，趙鼎天感受到楚問天身上還未散去的氣息，眼瞳大睜，震驚無比地問道。

楚問天點了點頭，有些不滿意地說道：「太慢了，想要追上我師傅，恐怕還得一兩年的時間才行。」

趙鼎天聞言，心中震驚得無以復加。

楚問天的師傅，陽城監獄獄長乃是站在世界之巔的絕頂人物，威壓世界數十年！

而楚問天只要再用一兩年的時間，就能追上他，簡直就是駭人聽聞。而如此恐怖的修煉速度，楚問天竟然還嫌慢。

真是人比人得死，貨比貨得扔！

趙鼎天想到自己的修煉速度，頓時覺得自己是一個廢柴。

震驚過後，趙鼎天的心中不禁湧起一抹欣喜。楚問天是周峰的兄弟、靠山，他越強，周峰得到的好處就越大。

趙鼎天心中更加認定，追隨周峰，是他這輩子做出的最明智的選擇。

此時，李家別墅內，李成建聽完下屬的彙報，臉上浮現出一抹輕蔑。

「還以為那人有什麼強大的背景，原來是條喪家之犬。若楚家還在，我或許還會忌憚幾分。但現在，捏死他就像捏死一隻螞蟻一樣簡單。」

李雲波有些擔心道：「爸，楚問天現在居住在雲景別苑一號別墅內，身邊還有疑似內勁初期的武者跟隨，看樣子應該是加入了省城的鼎天保全公司。我們若是對他動手，會不會引來鼎天保全公司的報復。」

雲景別苑一號別墅被鼎天保全公司買下，這一點並不是祕密，天河市內很多家族、勢力都知道。

李成建聞言，不在意地說道：「就算他加入了鼎天保全公司又如何？我李家認識的那位，可是鼎天保全公司的高層，手中的權勢足以排在鼎天保全公司前五之列。趁著這個機會，不僅可以解決掉楚問天，替我李家找回顏面，還能進一步拉近與那位的關係，一舉兩得！」

李雲波聽到父親的話，雙眼大亮，似乎已經看到楚問天跪在他面前求饒時的場景。

下午，李成建帶著李雲波，恭敬地等在別墅門口，等候那名貴賓。

當然，雙腿被打斷的李雲波只能坐在輪椅上等候。

不一會，一輛賓士商務車緩緩駛來，停在別墅門口。

李成建連忙上前，滿臉諂媚地打開車門。只見商務車後座上，坐著一名身穿勁衣、派頭十足的中年男子。

此人名叫周韜，乃是鼎天保全公司四大副總之一，有著內勁初期的修為。

周韜瞥了李成建一眼，淡淡開口道：「成建，你說的可是真的？那人手中有一株五百一十年的小參王。」

李成建點頭道：「周總，這種事我怎麼敢騙您？那株小參王本來是我李家準備拍下來，送給您的。誰知，讓那個姓楚的搶了去。」

「哼，竟然搶我的東西，簡直找死！」周韜眼中寒光閃爍。

珍貴的藥材中蘊含著龐大的能量，不光可以救治病人，還可以讓武者提升修為。

周韜的資質並不算高，能突破到內勁初期，已經是極限了。若想修為精進，必須得輔以珍貴的藥材才行。

這也是李雲波在小型拍賣會上，看到小參王時激動的原因。因為這是一個討好周韜的絕佳機會。

「周總，楚問天現在就居住在雲景別苑一號別墅，身邊還跟著一名疑似內勁初期的武者。」李成建道。

周韜冷聲道：「我查過了，近期加入公司的人中，並沒有一個叫楚問天的人。並且，公司內除了趙董有事外出外，內勁武者全都都在省城。」

李成建眼睛一亮：「也就是說，楚問天是在狐假虎威！他的背後其實並沒有靠山！」

不怪李成建這樣想。在他看來，周韜作為鼎天保全公司四大副總之一，權限極高。周韜既然說楚問天沒有加入鼎天保全公司，那就絕對沒有加入。

李雲波咬牙切齒道：「該死，一個狐假虎威的騙子，竟然害我被蘇家打斷了雙腿。不將他扒皮抽筋，難消我心頭之恨！」

「賢姪放心，有人竟然扯我鼎天保全公司的虎皮，橫行天河市，真是不知死活！」周韜冷哼一聲，聲音冰寒地說道，「你們在前帶路！我今日定要狠狠教訓那人，讓他為自己的所作所為付出慘重代價！」

李成建連忙從車庫中開出一輛寶馬六帶。

他本想將李雲波留下，但報仇心切的李雲波央求帶他一起去。

李成建想了想，覺得此行並無危險，便叫來兩名保鏢，將李雲波抱上車。然後駕駛著寶馬X6，帶著奔馳商務車前往雲景別苑。

半個小時後，寶馬X6、奔馳商務車來到雲景別苑一號別墅。

李雲波迫不及待地讓保鏢抱他下車，然後命人一腳踹開院門，叫囂道：「楚問天，出來受死！」

第六章 李氏集團易主

別墅二樓，楚問天推開窗戶，居高臨下望著李雲波，漠然道：「留下一千萬，當做損壞院門的賠償，然後帶著人滾！否則，後果自負！」

「我倒要看看，你怎麼讓我們後果自負。」

李成建冷笑一聲，指了指身後，從奔馳商務車上下來的周韜，道：「這位乃是鼎天保全公司的周總！你狐假虎威的把戲已經被周總揭穿了。今日，你必死無疑！」

楚問天瞥了一眼周韜，玩味道：「你是鼎天保全公司的人？」

周韜傲然道：「沒錯！小子，你竟然敢扯我鼎天保全公司的虎皮，罪該萬死！立刻滾下來，下跪認錯，我還可以給你留一個全屍！」

周韜的語氣十分囂張，完全沒有把楚問天放在眼裡。

「呵呵。」楚問天嘴角勾起一抹嘲弄，轉頭對著別墅內說道，「小天，你們鼎天保全公司的周總，讓我下去下跪認錯。」

周韜聞言，眉頭微微一皺。

難道說，楚問天並不是在扯虎皮，而是真的認識鼎天保全公司的高層？

就在他思索之時，緊閉的別墅大門突然打開，一道憤怒至極的身影，從別墅內爆射而出，宛若人形炮彈一般，瞬間襲至他身邊。

周韜還沒有反應過來，就被一拳打翻在地。

「你找死！」

被打翻的周韜，怒吼一聲，內勁初期的修為全力爆發，正準備起身反擊時，他看清了來人的樣貌，臉色驟變，身體止不住地顫抖起來。

「董……董事長！」

周韜作夢也不會想到，從一號別墅內衝出來的人，竟會是董事長趙鼎天！

趙鼎天一腳將站起身的周韜踹翻，怒罵道：「別叫我董事長，從現在開始，你被開除了！」

周韜臉色瞬間變得慘白，失去所有血色。

他之所以能在李雲波父子面前強勢無比，正是因為鼎天保全公司副總的身分。若是沒有了這層身分，他就只不過是一個普通的內勁武者而已，將失去所有權勢。

看著怒火衝天的趙鼎天，周韜腦海中突然回想起，幾天前趙鼎天離開公司時，對高層們說的話：「我要離開公司一段時間，去接待一位大人物，這段時間你們管理好公司。」

「難道說，二樓的那一位，就是董事長接待的大人物？」

想到這裡，周韜渾身一顫，心中湧起無限的恐懼。

沒有絲毫猶豫，他果斷起身，朝著楚問天的方向跪下，一邊用力磕頭，一邊大聲求饒道：「楚少饒命！我是受李成建父子的矇騙，才會來這裡。這一切都是楚家父子的主意，跟我沒有關係。求楚少大人有大量，放小的一條生路。」

此時的周韜，沒有一絲內勁武者的姿態，簡直卑微到了極點。

身為鼎天保全公司的副總之一，他接觸過很多大人物，深知得罪大人物的下場有多麼悽慘。

雖然尊嚴很重要，但和性命相比，尊嚴根本算不了什麼。為了活命，別說是下跪磕頭，就算是跪下叫爺爺，周韜都照做不誤。

楚問天瞥了周韜一眼，眼中掠過一抹不屑：「自斷一臂，當做懲罰，然後就可以滾了！」

「感謝楚少！」

周韜聞言，臉露喜色，果斷揮動右掌，狠狠拍在左肩上，直接將左臂內的骨骼震碎！

緊接著，他便躺在地上，徑直朝著別墅外面滾去。

李成建、李雲波看到這一幕，全都瞪大雙眼，看傻了。

回過神來的李成建、李雲波，臉上皆浮現出驚恐之色。

如果他們早知道，楚問天身邊跟著的那名武者，就是鼎天保全公司的董事長趙鼎天，就算給他們天大的膽子，他們也絕不敢對楚問天動手。

但可惜，世上並沒有如果。

「噗通」一聲，李成建跪倒在地，學著周韜一樣，朝著楚問天一邊磕頭，一邊大聲求饒道：「楚少饒命！我李家知錯了，只求楚少能饒我們父子一次，從此我李家就是楚少腳下的一條狗，楚少讓我們咬誰，我們就咬誰。」

一旁的李雲波，也開口求饒道：「求楚少開恩！求楚少開恩！」

「想當我腳下的狗？你想得真美。」楚問天嗤笑一聲。

給人當狗，雖然地位無比低下，但那也要看給誰當狗。正所謂，宰相門前七品官。

以他的身分，只要放出話去，想給他當狗的家族、勢力，多的是，李家根本不夠格。

楚問天居高臨下望著李成建、李雲波，漠然道，「我已經給過李家機會了，但你們既然不珍惜，那就別怪我出手無情了。」

楚問天對著趙鼎天命令道：「小天，給你一天的時間，讓李氏集團易主。至於李雲波父子，查一查他們有無作奸犯科，有的話，直接送去江北省監獄。」

「是！」

趙鼎天躬身領命。

李成建聽到楚問天的話，身體一軟，癱坐在地上，眼中盡是絕望，說：「完了！」

不光他權勢、財富完了，他的人生也完了。

身為李氏集團的董事長，這些年他憑藉手中的權勢，不僅橫行霸道、仗勢欺人，手中甚至還間接沾染過人命。

以他的罪責，在江北省監獄內至少要坐二十年的牢！

絕望後的李成建，轉頭看向輪椅上的李雲波，憤怒起身，將其一腳踹在地上，然後暴揍起來。

「都怪你！若不是你得罪了楚少，我怎麼會落得如此下場……」

看著樓下的這場鬧劇，楚問天揮了揮手，直接讓趙鼎天把兩人拖走。

當天晚上，一條消息震動整個天河市。

李氏集團易主，改名周氏集團，董事長變為周峰！

王家別墅內，收到下屬彙報的王崇山，憤怒地將手中紅酒杯摔碎：「我就說李虎怎麼會失手，還被送去了江北省監獄服刑。原來楚問天、周峰的靠山是蘇家和鼎天保全公司！」

作為天河市第一家族，王家的消息自然靈通無比。

李氏集團易主的消息傳出後，王崇山便立刻派人調查。發現對李氏集團動手的，正是蘇家和鼎天保全公司。

若不是這兩個勢力聯手，作為天河市頂尖二線勢力的李氏集團，怎麼會在一天之內易主。

下屬有些擔憂地說道：「家主，要不要通知小姐？以小姐的能量，就算楚問天、周峰背後有蘇家和鼎天保全公司撐腰，也能輕鬆應對。」

他口中的小姐，正是當年與楚問天有著婚約的王若雪。如今的王若雪，已經嫁入省城豪門，手中掌握的權勢比王家更強。

王崇山擺了擺手：「這點事，還用不著通知若雪。以我王家在天河市的人脈，足以解決！」

說罷，他便掏出手機，撥通一個電話……

第二天上午，雲景別苑一號別墅來了幾名不速之客。為首之人，是蘇家原本供養的中醫，徐老——徐繼東。

在救治蘇銘時，徐繼東不僅被楚問天狠狠打臉，之後還被蘇家辭退，這讓他心中怨恨無比。

他一直想要報復楚問天，但想到楚問天的背後有蘇家撐腰，便只能將心中的恨意強行壓下。

但昨天，王崇山突然聯繫到他，向他承諾，只要他能廢了楚問天，王家將不僅會替他接下蘇家的怒火，還會給他一筆巨款，並助他取代他師兄，成為天河市中醫協會的會長。

王崇山的承諾讓徐繼東心動不已，掛斷電話後，他便與自己的師叔合謀了一番。於是，便有了現在這一幕。

別墅客廳內，徐繼東拿出一張戰書，拍在桌子上，氣勢洶洶地說道：「楚問天，在救治蘇銘之時，你不僅將我的功勞占為己有，還出手羞辱我，此仇不共戴天！我師叔看不過眼，按照中醫界的規矩，向你下戰書，與你切磋醫道。你敢不敢接？」

「切磋醫道？沒興趣。」楚問天聞言，眼中掠過一抹輕蔑。

以他的醫道水平，就算是國醫聖手在他面前也只有討教的份。徐繼東的師叔也配和他切磋醫道？

徐繼東以為楚問天不敢應戰，冷笑著嘲諷道：「不敢應戰？若是怕了，那就當著眾人的面，跪下給我磕十個頭，喊十聲爺爺我錯了，然後滾出天河市！」

他的話音還未落下，一道怒喝便響徹整個別墅。

「找死！」

趙鼎天宛若如鬼魅一般，瞬間出現在徐繼東身旁，一把將其提至半空，然後掄起右手，開始狂扇耳光。

「啪！啪！啪！」

一連串的耳光聲，不絕於耳。

徐繼東身旁的那幾人，都是他特意帶來的武者，為的就是保護他。

但那幾人的修為，最高只有外勁中期，在趙鼎天面前就如同孩童一般，毫無反抗之力。幾人剛準備出手，就感覺身體一輕，直接趙鼎天被踹飛出去，失去再戰之力。

趙鼎天一連扇了數十個耳光，將徐繼東的臉扇成豬頭後，才像扔垃圾一般，將其扔在地上。

「再敢亂吠，我直接送你歸西！」趙鼎天寒聲道。

區區一個小中醫，竟然威脅楚少，簡直找死。

徐繼東感受到趙鼎天身上散發出的殺意，忍不住打了一個冷顫，不敢再發出一絲聲音。

楚問天看著徐繼東，淡漠道：「你這點小手段，我本不想理會。但你非要找死，那我便成全你。」

這場中醫對決，毫無疑問會是一場鴻門宴，徐繼東必定沒安好心。但在絕對實力面前，任何手段，都宛若土雞瓦狗一般，不堪一擊。

楚問天收下戰書，隨意揮了揮手：「小天，送客！」

話音落下，趙鼎天便將徐繼東幾人，扔出一號別墅。

別墅外，徐繼東眼中布滿怨毒，咬牙切齒道：「楚問天，就讓你再囂張一會，等到晚上的中醫對決，我定要你付出慘重的代價！」

一轉眼，便到了晚上。

天河市中醫院的頂層會議室內內，聚滿了人。除了中醫院的醫生外，便是各大中醫館的中醫。

毫不誇張地說，天河市內七成以上的中醫，都來了。

因為，今天晚上有一場中醫對決！

「竟然有人敢跟趙理事比試醫術，真是自取其辱。」
「是啊，趙理事是蔣會長的師叔。就算是蔣會長在醫術都比不過趙理事。」
「那人到到現在都沒有出現，不會是害怕的不敢來了吧。」
會議室內議論紛紛，沒有一人看好楚問天。
眾人口中的趙理事，全名趙永德。他的理事職位，指的可不是天河市中醫協會理事，而是江北省中醫協會理事！
江北省中醫協會乃是省級協會，不論是影響力還是權威性，都要遠高於天河市中醫協會。
趙永德能夠擔任江北省中醫協會理事之職，足以證明他的醫術。
就在眾人議論之時，楚問天帶著趙鼎天慢悠悠地走進會議室。
徐繼東看到楚問天，臉上立刻浮現怨毒之色，對身邊的一名八旬老者，道：「師叔，他就是楚問天！」
趙永德隨即將目光投向楚問天，冷聲道：「小子，就是你不要臉皮搶占了我師姪的功勞，還出手羞辱了他？你若是現在跪下給我師姪跪下認錯，然後拿出五百萬當做賠償，一會中醫對決中，老夫可以下手輕一點。」
趙鼎天聞言，目光冰寒，就準備出手教訓趙永德，但卻被楚問天攔了下來。

既然是來應戰的，那一會在中醫對決中教訓趙永德便是，不急在這一會。

「老雜毛，我的時間很珍貴，咱們直奔主題，這場對決怎麼比？」楚問天淡淡道。

「豎子狂妄！」趙永德臉色瞬間陰沉下來，「對決的規則很簡單，你我分別向對方施針，讓對方出手破解，所用時間少者獲勝。」

楚問天點了點頭：「規則確實簡單，但就這麼比，太無聊了。」

趙永德皺了皺眉頭：「那你想怎麼樣？」

「加點賭注。不然贏了你之後，其他人也想向我討教，挑戰我，我豈不是忙死了？」楚問天道。

楚問天的態度，讓趙永德眼中怒火洶湧。他冷笑一聲：「當然可以加賭注。兩千萬，你加得起嗎？」

憑藉高超的醫術，和江北省中醫協會理事的身分，趙永德不僅開了數家中醫館，還涉足於藥材行業，有著近億的身家。

楚問天聞言，搖了搖頭。

趙永德見此，冷笑一聲，以為楚問天拿不出兩千萬的賭注。就在他準備開口嘲諷時，楚問天接下來的話讓他臉色一變。

「兩千萬太少了，要賭就賭你的全部身家。」

別人敬我一尺，我敬別人一丈。別人欺我一分，我必百倍償還！這便是楚問天的行事原則。

既然趙永德想要幫徐繼東報仇，那就要為自己的所作所為付出代價。

「我有著近億的身家，你賭得起嗎？」趙永德冷笑道。

楚問天聞言，嘴角勾起一抹輕蔑：「才近億的身家？看來我高看你了，還以為你至少有一兩億的身家。」

說著，楚問天手中突然出現一張黑金色的銀行卡，在趙永德眼前晃了晃，說道：「怎麼樣，賭還是不賭？」

「這是，龍國銀行的黑金卡？」趙永德望著黑金色銀行卡，眼瞳微微一縮。

黑金卡乃是龍國銀行最高級別的貴賓卡，只有身家在十億以上的大佬才有資格辦理。

放眼整個天河市，只有王崇山手中有一張黑金卡。其餘五大家族的家主，都達不到辦理的資格。

而這樣的銀行卡，楚問天手中還有六張。他現在拿著的這張黑金卡，來自於七徒弟鬼醫。是他手中，存款最少的一張銀行卡。

雖然楚問天沒有留意過，但卡內至少有著十數億的存款。

趙永德看著黑金卡，眼中掠過一抹貪婪，果斷答應道：「賭！」

中醫之道，需要時間的積累才能有所成。正常情況下，一名普通中醫想要成長為名醫，至少需要二三十年的積累。

在趙永德看來，楚問天就算天賦再好，也絕不可能贏他。楚問天和他打賭，簡直就是白給他送錢。他豈有不答應的道理。

楚問天一眼便看出了趙永德的心中所想，嘴角噙上一抹嘲弄：「賭約已成，那就開始對決吧。」

正常情況下，年輕的天才確實無法戰勝成名已久的名醫。但他可不是天才，他是妖孽，絕世妖孽！

就在兩人準備開始對決時，會議室外突然傳來一聲怒喝。

「趙永德、徐繼東，你們想幹什麼！」

一名雙目炯炯有神的老者，帶著幾名青年，怒氣沖沖地走進會議室。

此人便是天河市中醫協會會長，徐繼東的師兄——蔣天華。同時，他也是天河市中醫院的院長。

他聽聞趙永德、徐繼東在頂層會議室，準備與人進行中醫對決，便急匆匆地從家裡趕了過來。

蔣天華深知趙永德的為人，所以想要阻止這場對決。

「師兄，你不是應該在家休息嗎？」徐繼東意外道。

他之所以選擇晚上進行中醫對決，就是想避開蔣天華。

蔣天華冷哼一聲：「別以為我不知道你在打什麼主意。這場中醫對決，到此為止！全都散了！」

徐繼東聞言，臉色頓時陰沉下來：「師兄，你管的未免也太寬了。你不想替我報仇，還想阻止師叔替我報仇嗎？」

在他被蘇家開除的第二天，他就找過蔣天華，想讓其為他報仇。

但蔣天華不僅拒絕了他，還說教了他一頓，讓他沉心提高醫術。

蔣天華冷漠地瞥了徐繼東一眼，轉頭望向楚問天：「小友，聽我一句勸，立刻離開會議室。」

此時的楚問天，目光根本不在蔣天華身上，而是在他身後的一名女子身上。

此女肌膚勝雪、眉目如畫，渾身散發著一種清冷、純真的氣質，讓有人一種只可遠觀不可褻玩的感覺。

即便楚問天在陽城監獄內，見過了無數美女，依舊感到一抹驚豔。

「詩韻，好久不見。」楚問天臉上露出一抹淡淡的笑容。

他沒有想到，竟然會在這裡遇見老同學。

李詩韻和他是高中同學，同時也是高中同桌。

兩人在校期間，關係很不錯，經常一起參加活動。只不過後來，李詩韻被家人送去了國外留學，而他也在王若雪的倒追下，確定了戀愛關係。兩人才漸漸斷了聯繫。

聽周峰說，他在陽城監獄的這五年裡，李詩韻曾找過他好幾次。

「楚問天，好久不見。」李詩韻微微低下頭，臉上浮現一抹害羞。

一旁的同事見此，眼中全都露出不可思議之色。

李詩韻可是中醫院內出了名的冰山美人，見任何人都是一副冷冰冰的樣子，就連她的老師蔣天華也不例外，什麼時候像現在這樣過。

「我記得妳出國留學，學的不是金融專業嗎？怎麼會當起了中醫？」楚問天問道。

「這件事說來話長。」李詩韻看了一眼徐繼東、趙永德，道，「現在不是敘舊的時候，你先聽我老師的話，拒絕掉中醫對決，離開會議室後，咱們再聊。」

楚問天笑了笑，給了李詩韻一個放心的眼神：「放心吧，我知道妳在擔心什麼。憑這個老雜毛的醫術，還傷不到我。」

李詩韻急道：「你不知道，趙永德的手段十分毒辣，曾在中醫對決中，重傷過三位名醫。其中，兩位名醫雙手被廢，失去行醫能力！一位名醫經脈被廢，至今臥床。」

趙永德的醫術雖然高超，但在江北省中醫界的名聲並不好。這也是蔣天華急匆匆帶人，趕來阻止這場中醫對決的原因。

「想要中止這場對決？可以！只要他將那張黑金卡奉上，然後自廢雙手，老夫可以給放他一馬。」趙永德陰笑道。

「趙永德，這裡是天河市中醫院，不是你的中醫館，由不得你胡作非為！」蔣天華怒喝道，「你若是不中止這場對決，那我便讓保全送你出去！」

楚問天聞言，擺了擺手道：「不用中止。」

他知道蔣天華是好意，但以他的醫道水平，就算是國醫聖手，也不可能傷到他。區區一個江北省中醫協會的理事而已，他動動手指就能收拾。

蔣天華聽到楚問天的話，氣得吹鬍子瞪眼。

就在他準備繼續勸說楚問天時，趙永德直接喊道：「既然如此，那中醫對決正式開始！」

說罷，他不給楚問天反悔的機會，直接從懷中拿出一個古樸的針包。

只見趙永德取出七根銀針，然後運轉體內勁氣，注入銀針內，朝著楚問天身上的七處大穴射去。

第七章

玄火針法

醫術高超的中醫，往往都是武道高手。

趙永德作為名動江北省的名醫，修為雖然不高，但也勉強達到了外勁後期，可以做到以氣御針。

楚問天看著七根銀針飛來，一臉淡然，任由它們刺入體內。

隨著七根銀針入體，一股灼熱的能量，瞬間湧入楚問天的體內，開始瘋狂破壞他的經脈。

蔣天華見此，臉色猛地一變：「玄火針法第三式！趙永德，你想要徹底廢了此子！」

蔣天華、趙永德、徐繼東三人，皆出自同一個醫道傳承。

他們所屬的這一脈，源自清代中期的一位御醫，傳承至今已有兩百多年。

趙永德此時施展的《玄火針法》，便是他們這一脈傳承的祕法。即便放眼整個中醫界，都是極為有名針法。

《玄火針法》共有四式，威力極強。

徐繼東醫術一般，只能施展出《玄火針法》的第一式。而蔣天華和趙永德，則修煉到了《玄火針法》的第三式。

蔣天華本以為趙永德最多施展第二式，對付楚問天。但沒想到他一出手，就是第三式。分明就是衝著廢了楚問天去的。

李詩韻聞言，急道：「老師，你一定要救救楚問天。」

蔣天華嘆了一口氣道：「為師儘量保住他的經脈。」

雖然他也將《玄火針法》修煉到了第三式，但和趙永德相比，還是差上一絲。在他看來，楚問天必廢無疑。他能做得，只有儘量保住楚問天的經脈。

就在蔣天華準備出手救治楚問天時，一道輕蔑的聲音突然響起。

「這就是你的手段？太弱了。」

楚問天身體輕輕一震，就將刺入七處大穴的銀針震飛。

《玄火針法》的威力是很強，但那只是針對普通人而言。對於修為達到煉氣十四層的楚問天來說，就如同搔搔癢一般，沒有絲毫威脅。

「怎麼可能！」趙永德雙眼大睜，露出不敢置信之色。

不光是他，蔣天華、徐繼東也都滿臉震驚。

三人深知《玄火針法》的威力，而楚問天竟然只用了幾秒鐘的時間，就把《玄火針法》第三式破除了。如果不是親眼所見，打死他們也不相信這是真的。

他們不知道的是，如果不是楚問天想要感受一下《玄火針法》第三式的威力，他瞬間就能將其破除，根本用不了幾秒鐘的時間。

「接下來該我了。」楚問天看著趙永德，淡淡說道。

只見他手掌一翻，一個古樸的針包憑空出現在手上。

趙永德見此，冷笑一聲：「就算你瞎貓碰上死耗子，碰巧破解了我的針法又如何。我就不信，你還能施展出比《玄火針法》威力還強的針法不成？」

《玄火針法》即便放眼整個中醫界，都是十分強大的一種針法。想要超過它，只有號稱中醫界十大針法的那十種針法才行。

而那十種針法，只有龍國最頂級的醫道傳承內才有。

所以在趙永德看來，楚問天絕不可能施展出比《玄火針法》威力還強的針法。只要楚問天施展的針法，威力不強，那他就還有獲勝的可能。

「是嗎？」楚問天臉上噙上一抹玩味。

只見他從針包中，拿出四根銀針，然後運轉《混沌煉氣訣》，一股玄而又玄的能量從體內湧出，注入銀針之中。

「地陰針！」楚問天心中低喝一聲。

四根銀針飛射而出，閃電般刺入趙永德的心臟四周。

銀針刺入的瞬間，變為黑色，散發出冰冷徹骨的寒氣。四周的溫度，頃刻間下降了十幾度！

原本一臉自信的趙永德，臉色驟變，眼中掠過一抹驚恐。

在他的感知中，一股陰寒至極的力量，正在瘋狂腐蝕他的經脈，讓他痛不欲生。

「給我破！」

趙永德全力催動《玄火針法》，想要破除掉地陰針。但無論他怎麼努力，體內的陰寒之力都無法削弱半分，反而因為《玄火針法》的刺激，變得更加凶猛。

「啊！啊！啊！」

一道道痛入骨髓的慘叫聲，從趙永德的喉嚨中發出。

短短十幾秒鐘的時間，陰寒之力便已重創他體內的經脈，讓他淪為廢人，後半生只能在床上度過。

「我……我認輸！」趙永德強忍著劇痛，艱難地說道。

若是再讓陰寒之力在體內肆虐一會，他就不是成為廢人了，而是死人了。

楚問天聽到趙永德認輸，隨手一揮，將地陰針解除。

「給你一天的時間，將你的全部身家轉入我的名下。」楚問天淡淡道。

「是！」趙永德咬了咬牙，滿臉不甘地說道。

本以為這次中醫對決，可以撈到一筆巨大的好處，並與王家搭上關係。

但沒想到，不僅自己被廢了，還搭上了全部身家，可謂是賠了夫人又折兵。

這時，圍觀眾人才反應過來，看著趙永德的慘狀，全都倒吸一口涼氣。

趙永德可是名動江北省的名醫，還是江北省中醫協會的理事，竟然在中醫對決中，輸給了一個名不見經傳的年輕人，而且還是慘敗！

有人忍不住掐了一下自己，真實的疼痛感讓他明白，這一切都是真的，並不是在作夢。

下一秒，會議室內便炸開了鍋。

「我的天，趙理事竟然輸了！」

「那個青年剛才施展的針法，難道是中醫界十大針法之一？」

「威力超越《玄火針法》，只有中醫界十大針法才能做得到！」

蔣天華苦笑一聲，怪不得楚問天不聽自己的勸告，執意要和趙永德進行對決。以楚問天的醫術，足以橫縱整個中醫界，何須懼怕一個小小的江北省中醫協會理事。

李詩韻看著楚問天，眼中異彩連連。她沒有想到，楚問天的醫術竟然如此高超，輕易就能戰勝趙永德。

感到驚喜的同時，她也為楚問天感受由衷地高興。

在她看來，楚問天擁有如此高超的醫術，未來必定一定光明。

感受到李詩韻的目光，楚問天微微一笑，邁步朝她走來。

「麻煩已經解決了，現在可以找一個安靜的地方敘舊了。」楚問天笑著道。

李詩韻小臉陡然一紅，宛若一顆熟透了的蘋果一般，嬌羞地點了點頭。

這一幕，讓四周圍觀的年輕中醫們，心碎了一地。

一名站在角落裡的年輕中醫，偷偷舉著手機拍了一張照片，將其發給了一個名叫「陳少」的微信好友……

就在楚問天帶著李詩韻準備離開會議室時，蔣天華開口說道：「等一下！」

只見蔣天華快步走到楚問天面前，朝著他深深一拜，陳懇無比地說道：「前輩醫術高超，晚輩欽佩無比，想拜前輩為師，跟隨在前輩身邊學習醫術，望前輩成全！」

中醫之道，達者為師，無關年齡。以楚問天的醫術，蔣天華稱為他前輩，並無不妥。

雖然蔣天華有著師承，但他的師傅早就死了，所以是可以重新拜師的。

蔣天華的舉動，讓圍觀眾人全都震驚無比。

要知道，蔣天華可是天河市中醫院院長，天河市中醫協會會長！雖然他的醫術，比趙永德略低一籌。但他卻比趙永德年輕十幾歲。

以蔣天華的資質，最多再有三年，就能超越趙永德，成為江北省首屈一指的名醫。未來成為名動全國的名醫，也有極大的希望。

但他現在卻要被一個二十多歲的年輕人為師，眾人都覺得蔣天華瘋了。

但楚問天接下來的話，卻讓眾人更加無法接受。

「你的資質太弱了，沒資格成為我的徒弟。」

楚問天完全是實話實話，並沒有絲毫誇大。

蔣天華的資質，在普通人中還算不錯，但在他眼中卻十分平庸，遠遠達不到收徒的標準。

要知道，他的七徒弟鬼醫，可是龍國最頂級的國醫聖手之一。想要拜他為師，至少要達到鬼醫的水準才行。

聽到楚問天的話，蔣天華的神情變得落寞無比。

一旁的李詩韻忍不住開口道：「楚問天，老師非常熱愛中醫這個職業，他努力提升醫術，是為了救治更多的病人。希望你能給老師一個機會。」

楚問天聞言，眉毛微微一掀，說道：「既然妳開口了，我可以給妳老師一個機會。」

他轉頭望向蔣天華：「雖然不能收你為徒，但我可以讓你當一段時間的學徒。你可願意？」

學徒的地位，遠比徒弟低的多，可以說是師傅身邊打雜的，負責端茶倒水。

如果蔣天華能接受成為學徒的話，楚問天倒是不介意傳授他一些東西。

「我願意！」蔣天華知道機會難得，沒有絲毫猶豫，果斷行禮道，「學徒蔣天華，拜見師傅！」

楚問天點了點頭。

收下蔣天華後，楚問天便帶著李詩韻離開會議室。

「熱鬧看完了，全都散了！」蔣天華對著眾人道。

不一會，擁擠的會議室便只剩下趙永德、徐繼東兩人。

「師叔，你真的要將全部身家，轉到那個雜碎名下嗎？」徐繼東道。

「當然不可能！」趙永德咬牙切齒道，「他廢了我的經脈，讓我淪為了一個廢人。我恨不得立刻宰了他，怎麼可能把全部身家給他！」

「可是師叔，你若是不履行賭約，那個雜碎絕對會報復你的。」徐繼東害怕道。

趙永德滿臉怨毒道：「誰報復誰還不一定呢！繼東，現在就帶我去省城。」

他已經想到了一個報復楚問天的計畫。

徐繼東看著自信的趙永德，臉色一喜，連忙帶著他離開會議室，連夜趕往省城……

與此同時，王家別墅內，收到消息的王崇山，臉色陰沉地能滴出水來。

「怪不得他能搭上蘇家和鼎天保全公司，原來他竟有著如此高超的醫術。如此一來，就更趕緊滅殺他！若再讓他成長下去，必成大禍！」王崇山心中對楚問天的殺意，已經攀升至頂點。

「既然中醫弄不死你，那就換一條路。你不是武者嗎？我就找專門管理武者的組織，來收拾你！」

說罷，王崇山在手機通訊錄中，找到一個電話號碼，撥了過去……

楚問天並不知道王崇山和趙永德的舉動，就算知道了也不會放在心上。不論是王家還是趙永德，在他眼中都如同螻蟻一般。

無論螻蟻如何吵鬧，依舊是螻蟻，隨手就能拍死。

此時的楚問天，正和李詩韻坐在市中醫院外的一家茶館裡，喝茶敘舊。

楚問天疑惑地問道：「我記得妳出國留學學的是金融專業，怎麼會拜蔣天華為老師，當起了中醫？」

李詩韻笑著解釋道：「雖然我學的是金融專業，但卻對中醫一直有著濃厚的興趣，在大學時也一直在研究相關的書籍。留學歸來後，一次偶然的機會認識了老師，便跟著老師到了天河市中醫院。」

楚問天點了點頭，道：「妳若是想學醫術，我可以教妳。」

李詩韻聞言，展顏一笑，猶如仙女一般，動人無比：「真的？楚老師收徒的要求，不是很嚴格嗎？」

楚問天輕笑道：「我收徒的要求確實嚴格，但以妳的資質，還是可以拜入我門下的。況且，誰說只有收徒，才能教授醫術的？」

以楚問天的實力，不用動手查探，一眼就可以看出別人的資質。

李詩韻在醫道上有著極高的天賦，若是好好培養，未來極有可能成為國醫聖手。

「你是打算拜我為師學習醫術呢？還是不拜我為師學習醫術呢？」楚問天挑眉道。

李詩韻想都沒想，直接開口道：「當然是不拜師學習醫術了！」

話音落下，李詩韻立刻反應過來，楚問天是故意這麼問的，小臉瞬間漲紅，一直紅到了耳朵根，可愛至極。

楚問天看著害羞的李詩韻，臉上不禁露出一抹淡淡的笑容。

或許是因為高中的情誼，也或許是因為李詩韻在他在陽城監獄的五年裡，多次打聽過他的下落。讓他對李詩韻產生一種別樣的情感。

他很享受與李詩怡獨處的時間，但偏偏有人不希望他們倆獨處。

「小子，你要是想活命，就給本少立刻滾出茶館！永遠不要在出現在李詩韻面前！」

一道怒喝聲突然響徹整個茶館。

只見一名渾身名牌、滿臉囂張的青年，帶著兩名身強力壯的保鏢，氣勢洶洶地走進茶館，徑直朝著楚問天、李詩韻走來。

「他是？」楚問天皺眉道。

李詩韻有些厭惡地說道：「陳家大少，陳文濤。」

陳家，天河市六大家族之一，家族產業涉及地產、電商、餐飲等，總資產過五億。

而眼前的陳文濤，便是陳家家主之子。同時，他也是李詩韻的頭號追求者。

為了將李詩韻追到手，他不僅長期騷擾李詩韻，還收買了很多李詩韻身邊的人。這讓李詩韻十分厭惡。

陳文濤之所以出現在這裡，就是因為收到了那名中醫院醫生發來的照片。感受到威脅的他，立刻帶人趕來茶館。

「小子，既然知道了本少的身分，還不快滾！」陳文濤囂張無比地喊道。

「區區一個小家族的繼承人，也敢在我面前狂吠，真是不知死活。」楚問天冷笑一聲，「你若是不想讓陳家覆滅，就立刻滾出茶館。」

「哈哈哈，讓我陳家覆滅，你怕不是還沒睡醒吧？」陳文濤仰頭大笑，彷彿聽見了什麼好笑的事情一般。

陳家作為天河市六大家族之一，家族勢力在天河市內根深蒂固，就算是王家，也無法覆滅陳家。

所以對於楚問天所說的話，陳文濤連一個字也不相信。

「既然你不想滾，那本少只好送你一程了。」陳文濤陰冷道，「阿豹、阿雄，把他給本少扔出去！」

話音落下，陳文濤身後的那兩名保鏢，滿臉獰笑地走了出來。

「等等！」楚問天道。

「怎麼，打算自己滾出茶館了？」陳文濤一臉嘲弄地說道。

楚問天淡淡道：「你確定要動手？你若是現在帶人滾出茶館，我還可以當做什麼也沒有發生。但你若是動了手，那就要承擔後果。」

「呵呵，虛張聲勢！阿豹、阿雄，動手！」陳文濤冷笑一聲。

就在兩人距離楚問天不足一公尺之時，一道破空聲響起。

趙鼎天猶如鬼魅一般，陡然出現在兩人身前。緊接著，兩道痛苦的慘叫聲響徹整個茶館。

「啊！啊！」

阿豹、阿雄直接被趙鼎天扭斷右手，踹翻在地。

「外勁後期以上的武者！」陳文濤眼瞳微微一縮。

阿豹、阿雄作為他的貼身保鏢，都是外勁初期的武者。而趙鼎天竟然能瞬間擊潰兩人，證明他的實力絕對在外勁後期以上。

陳文濤定了定神，對著趙鼎天豪氣地說道：「這位兄弟好身手，跟在一個垃圾身旁太屈才了。只要兄弟願意來我陳家，我保證，你的待遇是之前的三倍！」

趙鼎天冷笑一聲，望向陳文濤的目光充滿嘲弄：「就算把你陳家的家產全都給我，也請不起我。」

陳家不過是龜縮在天河市的一個地頭蛇罷了，在省城根本排不上號。陳文濤竟然妄想用錢收買他這個鼎天保全公司的董事長，真是可笑至極。

聽到趙鼎天的嘲諷，陳文濤的臉色瞬間陰冷了下來。他看了一眼趙鼎天，又看了一眼楚問天，冷哼道：「今天的事，本少記下來。來日定百倍償還！」

說罷，他便準備轉身離去。

「看來我剛才說的話，你都忘記了。」楚問天嘴角勾起一抹玩味。

陳文濤聞言，心中咯噔一下，腦海中瞬間閃過楚問天剛才所說的話。

「你若是現在帶人滾出茶館，我還可以當做什麼也沒有發生。但你若是動了手，那就要承擔後果。」

陳文濤強壓下心中的不安，色厲內荏地說道：「小子，我乃是陳家大少。你若是敢動我一根汗毛，我爸絕對不會放過你的！」

楚問天輕蔑一笑，絲毫沒有把楚問天的威脅放在心上。

區區一個陳家而已，實力連王家都不如。他隨手一揮，就能將其連根拔起。

「小天，斷他一臂當做懲罰，然後扔出茶館。」楚問天下令道。

「是！」

趙鼎天身形一閃，瞬間襲至陳文濤身旁，右手抓著他的手臂，用力一扭。只聽喀嚓一聲，便將其扭斷。

「啊！」陳文濤慘叫一聲，「你們死定了！本少定要將你們剁成肉醬，然後扔去餵狗！」

楚問天淡淡道：「再斷他一臂，若是他繼續亂吠，那就連雙腿一塊打斷！」

話音落下，陳文濤的右手便再次一扭，將陳文濤的另外一條手臂扭斷。

「啊！」

陳文濤再次發出一聲慘叫。但有了之前的教訓，這一次他只能將威脅的話咽回肚子，生怕趙鼎天把他的雙腿也廢掉。

半分鐘後，陳文濤和阿豹、阿雄，猶如三條死狗一般，被趙鼎天扔出茶館。

「今日之辱，本少若是不還回去，本少就不姓陳！」

陳文濤怨毒無比地看了一眼茶館，帶著無邊的怒火，轉身離去。

茶館內，李詩韻有些擔憂地說道：「楚問天，你讓人打斷了陳文濤的雙臂，陳家一定會狠狠報復你的。」

楚問天微微一笑：「放心吧，區區一個陳家，還入不了我的眼。」

看著一臉自信的楚問天，李詩韻懸著的心終於放了下來。

對於楚問天，她有著絕對的信任。既然楚問天說沒事，那就一定沒事。

「這是我的聯絡方式，你留下一下。」

李詩韻紅著臉從隨身的包內，拿出一張名片放到楚問天面前。

名片上寫著李詩韻的名字、職位、辦公地址，以及電話號碼。

楚問天笑了笑，也拿出一張暗金色的名片，遞給李詩韻。

「這是，陽城護身符！」

一旁的趙鼎天，看到楚問天拿出的名片，眼瞳猛地一縮，忍不住露出羨慕之色。

楚問天拿出的名片，並不是紙做的，而是用特殊金屬製作而成，即便是內勁武者也無法將其損壞。

和李詩韻拿出的名片不同，楚問天的名片上沒有職務介紹，也沒有任何頭銜，只印有他的名字、一串電話號碼以及陽城監獄四個字。

對於不認識它的來說，這就是一張名片，但對於認識它的人來說，這可是保命的護身符！

第八章

北斗執法隊

這張名片有一個別稱，名叫——陽城護身符！

顧名思義，擁有這張名片的人，就是陽城監獄庇護的人。與其為敵，就是與陽城監獄為敵！

要知道，陽城監獄可是世界上最高級別的監獄。它的威名響徹整個世界上層圈。

曾有一個小國國王，得罪了西洲的超級大國，正是憑藉陽城護身符，才免於被滅國。

而整個陽城監獄內，有資格發出陽城護身符的人，只有兩個人。那便是獄長和楚問天。

從陽城監獄建立到如今，僅僅只發出去六張陽城護身符。每一張都送給了世界上響噹噹的人物。

而現在，第七張陽城護身符便在李詩韻的手上。

楚問天開口道：「這張名片，妳隨身帶著。若遇到危險或解決不了的麻煩時，它可以保護妳。」

李詩韻乖巧地點了點頭。

楚問天見天色已晚，便主動送李詩韻回家，然後返回雲景別苑。

轉眼便到了第二天。

清晨，一道急促的剎車聲響起，兩輛商務車停在一號別墅門口。

正在修煉的楚問天，驀然睜開雙眼，朝著窗外望去：「沒想到，王崇山竟然能找來北斗執法隊的人。我倒是小看他了。」

只見商務車上下來十個人，每個人都穿著統一的制服，散發著淩厲的氣勢。

這十人全都是武者，其中修為最低的也達到了外勁後期。而修為最高的，則達到了內勁初期！

為首的國字臉男子，對著一號別墅冷聲道：「楚問天，我乃天河市北斗執法隊隊長袁洪。你涉及多起武者爭鬥，這是調查令，請立刻跟我們走一趟！」

說著，袁洪拿出一張該有公章的調查令，舉至半空。

武者的數量雖然十分稀少，但每個城市內，依舊有著成百上千名武者。而那些人口上千萬的特大城市內，更是有著上萬武者。

為了更好的管理武者，龍國設立了一個部門——北斗執法隊，專門負責監管武者，處理武者事件。

北斗執法隊的總部設在帝都，每個省、每個城市內皆設有分部。

眼前的袁洪等十人，便是天河市北斗執法隊的所有成員。別看他們只有十個人，但在天河市可謂是橫行無忌，即便是六大家族的家主見了他們，也得恭恭敬敬。

楚問天帶著趙鼎天，從別墅內緩緩走了出來。

「你就是楚問天？睜大眼睛看清楚，這是我的證件。」

袁洪上下打量了楚問天一天，晃了晃手中的調查令，然後傲然地出示了一下自己的證件。

特製的證件上除了姓名、性別、職位、出生年月等基礎資訊外，還有一個等級欄，上面畫著兩顆星星。

北斗執法隊內等級分明，管理極為嚴格。

證件上等級欄的星星數量，便代表著隊員在北斗執法隊內的地位。其中，一星執法者地位最低，七星執法者地位最高。

放眼整個北斗執法隊內，只有寥寥數人達到了七星等級。

袁洪的等級欄上畫著兩個星星，說明他是二星執法者。至於他身後的另外九名執法者，則都只是最低等的一星執法者。

楚問天看了一眼袁洪，淡淡道：「以下犯上，乃是重罪。你確定要抓我？」

「以下犯上？你以為你是北斗執法隊的高層嗎？」袁洪嗤笑一聲，隨意揮了揮手，對著身後執法隊員下令道，「將他銬起來，帶回分部。」

兩名執法隊員拿著特製的手銬，朝著楚問天走來。

「止步！誰要是敢再上前，後果自負！」

趙鼎天一步邁出，一股強大的氣勢從體內轟然迸發，化作滾滾氣浪，朝著袁洪等人碾壓而去。

「內勁中期以上的強者？」袁洪眉毛一掀，眼中掠過一抹驚異。

雖然感知到趙鼎天的實力，可能在自己之上，但袁洪的臉上卻沒有絲毫懼色，反而囂張無比：「我們可是天河市北斗執法隊的人，你敢與我們為敵？」

他們代表著北斗執法隊，對他們動手，就是在挑釁整個北斗執法隊。

要知道，北斗執法隊作為龍國設立的特殊部門，戰力強大至極，甚至擁有神境強者坐鎮。所以，袁洪才敢如此囂張。

話音落下，袁洪接過執法隊員手中的特製手銬，徑直朝著楚問天走來，絲毫沒有把趙鼎天放在眼中。

就在他篤定趙鼎天不敢對他動手之時，他突然看到趙鼎天的臉上露出一抹嘲弄的嗤笑。

北斗執法隊確實強大，但和陽城監獄相比，簡直就是小巫見大巫，完全沒有可比性！

下一秒，趙鼎天動了。

只見他右手握拳，劃破長空，帶著駭人的音爆聲，轟向袁洪。

袁洪臉色驟變，連忙揮動右掌迎擊。

「碎山掌！」

轉眼間，拳掌相撞。

袁洪的身體倒飛而起，如同斷了線的風箏，朝著遠處狠狠砸去。

雖然袁洪施展出了最強攻擊，但他的修為僅僅只有內勁初期，而趙鼎天可是半步宗師，對付他簡直就是小事一樁。

「一起上！」袁洪怒吼道。

九名北斗執法隊員領命，迅速出手，攻向趙鼎天。

與此同時，袁洪也起身，化作一道殘影，再次朝著趙鼎天攻去。

楚問天見此，臉上浮現出一抹嘲弄。

一名內勁初期武者，外加九名外勁後期、巔峰的武者聯手，確實能夠威脅到內勁中期，乃至內勁後期的武者。

但趙鼎天可是半步宗師，距離化勁宗師只差一層窗戶紙的距離。

別說天河市北斗執法隊只有一名內勁初期的武者，就算他們十人的修為全都是內勁初期，也不是趙鼎天的對手。

「啊！啊！啊！」

一連串的慘叫聲響起。

短短幾秒鐘的時間，袁洪十人便被打翻在地，沒有一人能再站起來。

「半步宗師！你竟然是半步宗師！」袁洪驚恐地喊道。

能在短短幾秒鐘的時間擊潰他們，就算是內勁巔峰的強者也做不到，唯有半步宗師以上的強者才行。

驚恐過後，袁洪的臉上露出強烈的恨意，咬牙切齒道：「就算你是半步宗師又如何？敢對我們動手，就算是化勁宗師也得付出代價！你等著被江北省北斗執法隊通緝吧！」

江北省北斗執法隊作為省級分部，實力遠超天河市北斗執法隊，擁有數名化勁宗師坐鎮。

若是被其通緝，就算是化勁宗師也難逃被捕的命運。

「等你們被抓到江北省北斗執法隊分部後，本隊長定要用最嚴酷的刑罰處置你們，讓你們求生不得、求死不能！」袁洪恨意滔天地喊道。

「啪！」

楚問天拿出一本特製的證件，直接甩在袁洪的臉上。

原本怒火衝天的袁洪，看著熟悉的證件，眼瞳微微一縮：「北斗執法隊的證件，難道說你也是北斗執法隊的人？」

震驚了片刻後，袁洪咬了咬牙，恨恨說道：「就算你是其他城市北斗執法隊的隊員，但你毆打同僚，藐視天河市北斗執法隊，同樣是重罪！省級分部定會嚴懲你！」

他以為楚問天是其他城市北斗執法隊的隊員，要麼是一星執法者，要麼和他一樣是二星執法者。

至於三星以上的執法者，他想都沒有想過。

但下一秒，當他打開證件，看到裡面的資訊時，一股寒氣直接從腳底竄上頭頂：「不可能！絕對不可能！」

楚問天的證件上，職位欄寫著顧問，等級欄則赫然畫著五顆星星！

也就是說，楚問天是北斗執法隊的五星顧問！

袁洪突然想到了什麼，大喊道：「北斗執法隊內確實設有顧問一職，但大多只是二星顧問、三星顧問而已。而五星顧問只有帝都總部才能授予，且每一位五星顧問都是站在龍國之巔的大人物，你一個楚家的倖存者，怎麼可能是五星顧問。所以，這個證件一定是假的！」

袁洪越說越激動，越說越覺得自己的猜測是真的。

「假冒北斗執法隊員，偽造五星顧問證件，小子，你死定了！」

趙鼎天看著袁洪激動的樣子，忍不住發出一聲嗤笑：「白痴！」

楚少是何等身分，陽城監獄的少獄長！

毫不誇張地說，就算是北斗執法隊的總隊長，也比不上楚問天！

別說區區一個五星顧問，就算是實權的七星執法者，只要楚問天想當，也只是一句話的事情。

至於這個五星顧問的證件，趙鼎天心中有印象，是三年前，他還在陽城監獄服刑時，北斗執法隊總隊長押送一名重犯到陽城監獄，然後哭著喊著求楚問天收下的。

鬼醫、天王殿主等大佬閒聊時說，原本北斗執法隊總隊長想讓楚問天當七星顧問，但楚問天覺得當七星顧問太麻煩，還要偶爾幫北斗執法隊出任務，只願意掛個五星顧問的名。

「這個證件是真是假，你動用你的權限查一下就知道了。」楚問天淡淡道。

袁洪冷哼一聲：「死到臨頭竟然還敢裝腔作勢，你以為我查不了嗎？」

他立刻拿出手機，登陸北斗執法隊的特殊網站。雖然二星執法者的權限有限，但根據楚問天證件上的證件號碼，查詢一下真偽，還是可以做到的。

等他輸入楚問天的證件號碼後，雙眼突然大睜，瞪得猶如銅鈴一般，充斥著不敢置信之色。

「這……這怎麼可能！」

網站的查詢頁面上只有七個字：楚問天，五星顧問！

楚問天的其他資訊之所以沒有顯示，是因為袁洪的權限太低了，只能查看到這點資訊。

「完了！」

從震驚中回過神的袁洪，臉上露出絕望之色。他知道自己徹底完了。

五星顧問即便放在整個北斗執法隊內，都是絕對的高層。要知道，即便是江北省北斗執法隊的大隊長，也只不過是四星執法者罷了。

以五星顧問的權勢，想要弄死他一個小小的二星執法者，簡直易如反掌。

「這位大人，我想知道，您到底是什麼人？」

絕望的袁洪，咬了咬牙，臉上露出一抹不甘。

接到王崇山的電話後，他曾專門調查過楚問天，查到楚問天是楚氏集團的倖存者，靠著醫術搭上了蘇家和鼎天保全集團。

在確定楚問天沒有其他背景後，他才敢帶人來抓他。

但現在，楚問天竟然還是北斗執法隊的五星顧問，這說明他的身分只是揭露了冰山一角罷了。

袁洪不想自己栽的這麼不明不白。就算是死，他也想死的明白。

趙鼎天看了一眼楚問天，在看到他微微點了點後，一臉傲然地說道：「豎起你的耳朵聽好了，楚少乃是陽城監獄的少獄長！」

「陽城監獄少獄長！」

袁洪臉色瞬間變得慘白。趙鼎天的話猶如一記重錘，狠狠砸在他的心上。

其他九名執法隊員因為級別太低，不了解陽城監獄。而他作為天河市北斗執法隊的隊長，曾接觸過押送犯人去陽城監獄的高級執法者，知道陽城監獄四個字意味著什麼！

得罪陽城監獄的少獄長，比得罪他們北斗執法隊總部的總隊長，還要恐怖百倍、千倍！

「我竟然帶人來抓陽城監獄的少獄長，還口出狂言威脅他……」

袁洪越想越害怕，越想臉色越白。突然，一股難聞的氣息飄散而出。只見袁洪的雙腿之間，竟然有一股液體流出。他直接被嚇死了！

這一幕，把另外九名執法隊員都看傻了。

打死他們也不會想到，自己的隊長竟然會被一個名頭嚇死了。

楚問天厭惡地瞥了一眼袁洪，漠然道：「自己去江北省北斗執法隊自首，交代自己的罪行，讓大隊長從嚴處置你。」

「多謝楚少不殺之恩！」

袁洪聞言，立刻跪下磕頭，臉上布滿感激。

「滾吧！」楚問天揮手道。

袁洪十人如蒙大赦，迅速逃離別墅。

下午，一名北斗執法隊的隊員強忍著心中的恐懼，來向楚問天彙報情況。

「楚……楚少，我叫周志文，現為天河市北斗執法隊代……代理隊長。」周志文聲音有些顫抖地說道。

此時的他，已經從江北省執法隊大隊長口中，了解到了陽城監獄的恐怖，知道了陽城監獄少獄長七個字代表著什麼。

也理解了，早上，袁洪再聽到楚問天的真實身分後，為什麼會被嚇死。若換做是他，恐怕會更加不堪。

周志文接著彙報道：「楚少，整件事情袁洪已向江北省北斗執法隊的孫大隊長交代清楚。他之所以帶人來抓您，是因為王崇山給了他五千萬，讓他對付您。孫大隊長已經廢了袁洪的修為，判處其二十年刑期。」

說著，周志文拿出一張五千萬的銀行支票，和一張一億的銀行支票，恭敬地遞給楚問天。

「楚少，這是袁洪收受的五千萬賄賂，以及袁洪的全部身家，作為天河市北斗執法隊衝撞您的賠禮，還請楚少收下。」

楚問天微微點了點頭。以袁洪所犯的罪行，孫大隊長對他處置絕對算是嚴懲了。

他收下兩張銀行支票，隨手遞給趙鼎天，道：「把這兩筆錢注入到周峰的公司。」

一億五千萬對於普通人來說，絕對是一筆巨款。但對於楚問天來說，根本不值一提。

周峰剛剛成為周氏集團的董事長，正準備在天河市商界大展身手，有了這一億五千萬的注資，周氏集團的實力將更上一層樓，有希望擠入天河市一線勢力之列。

「王崇山勾結袁洪，企圖對楚少不利，是否將其全族抓起來審判？」周志文請示道。

楚問天擺了擺手，道：「我與王家之間的仇怨，用不著北斗執法隊出手。另外，我的身分也不要洩漏出去。」

只有一步步把王崇山逼到絕路，才能讓其背後的黑手冒頭。若是一次性將他拍死，很有可能會打草驚蛇，讓背後的黑手徹底放棄王崇山，然後隱藏起來。

那樣的話，再想將黑手揪出來，就難了。

「是，您的身分屬下一定嚴格保密，絕不外洩！」周志文連忙保證道。

「楚少，還有一件事。」周志文小心翼翼地請示道，「孫大隊長想要來拜訪您，不知道可不可以？」

楚問天淡漠道：「讓他好好工作。以他的身分，還沒資格來拜訪我。」

孫大隊長作為江北省北斗執法隊的負責人，不僅是四星執法者，同時還是一名化境中期的宗師強者。在江北省，絕對算是大佬級別的人物。即便放眼整個北境十一省，也是一號人物。

但在楚問天面前，他的身分根本不夠看。

「是，屬下這就回覆孫大隊長。」周志文恭敬道，沒有感到絲毫不妥。

以楚問天的身分，別說孫大隊長只是一個四星執法者，他就是五星、六星執法者。楚問天說他沒有資格拜訪，那便是沒有資格。

周志文離開後不久，天河市北斗執法隊隊長易主的消息，便傳遍了整個天河市上層。

王家別墅內，王崇山氣得將書房內的東西砸了個遍。

「袁洪那個廢物，竟然連自己的位置都保不住，還他媽敢獅子大開口，收了老子整整五千萬！簡直廢物至極！」王崇山憤怒地咆哮道。

因為要對楚問天的身分保密，所以從天河市北斗執法隊內傳出的消息是，周志文抓住了老隊長袁洪的把柄，將其送進了監牢，成功上位。

對此，王崇山並沒有絲毫懷疑。他根本沒有將袁洪的倒臺與楚問天聯繫在一起。

此時的他肉痛無比，心裡都在滴血。

那可是五千萬啊，不是五千塊。就這麼打水漂了，連朵水花都沒濺起來。雖然王家是天河市第一家族，總資產過十億，但也經不過這麼造啊。

「新官上任三把火，周志文剛剛上任隊長之位，必定會嚴管天河市北斗執法隊。看來只能想別的法子對付楚問天了。」王崇山咬牙切齒道。

片刻後，他下定了決心：「反正都已經打了五千萬的水漂了，再花五千萬又何妨。我就不信，這次楚問天的運氣還會這麼好！」

此時，雲景別苑一號別墅內，楚問天突然接到了一個陌生號碼的來電。他剛剛按下接通鍵，電話那頭便傳來李詩韻的哭聲。

「楚問天，我和我爸媽今天受邀參加家族聚會，結果被大伯扣了下來，他不僅強逼我嫁給陳文濤，還強逼我今天就和陳文濤入洞房。如果我不同意，他就要傷害我爸媽！」

楚問天聞言，一股冰寒徹骨的殺意，瞬間從體內爆發而出，橫掃整座別墅。剎那間，別墅內的溫度下降了數十度，地面、牆壁上都結上了一層厚厚的冰霜！

客廳內的趙鼎天，一臉驚恐，全力催動體內勁氣流轉全身，才勉強抵擋住這股寒意。

在陽城監獄的五年裡，楚問天早已練至心如止水的境界，面對任何危險都可以保持絕對的冷靜。但當他聽到李詩韻遇到危險時，心境瞬間就破了。

這一刻他明白，自己對李詩韻動心了。
「妳現在在哪裡？」楚問天強壓下心中的滔天殺意，聲音有些沙啞地問道。
「我在桃源居十號別墅。」李詩韻哭著說道。
楚問天安慰道：「別擔心，我馬上就到。」
桃源居乃是天河市有名的高檔社區，建於七年前。那時，楚問天的父親還曾考慮在桃源居買一套房產。所以，楚問天知道它的位置。
雲景別苑距離桃源居有著十幾公里的距離，若是開車過去，至少需要二十分鐘的時間。
對於楚問天來說，太慢了。所以，他決定換一種方式。
掛斷電話後，楚問天身形一閃，瞬間出現在別墅上空。
若有人看到這一幕，就會震驚的發現，楚問天竟然能夠凌空而立！這簡直就是說傳說中的手段！
下一秒，更加讓人驚駭的一幕出現了。
只見楚問天辨認了一下方向，直接朝著東北方面御空而行，速度快如閃電！眨眼間，便飛出數百公尺！
客廳內，正瑟瑟發抖的趙鼎天感受到楚問天離去的氣息，連忙朝著窗外望去，就看見一道黑影飛掠而過。

趙鼎天瞪大雙眼，喃喃自語道：「神境強者擁有凌空飛行的能力，我一直以為只是傳言，沒想到這竟然是真的！」

趙鼎天不知道的是，神境強者雖然可以做到凌空飛行，但只能稱之為踏空而行罷了，根本無法做到長距離飛行。

像楚問天這樣的御空而行，只有築基期以上的修仙者才能做到！

並且，由於功法的原因，楚問天的修為雖然只有煉氣十四層，但他御空飛行的速度，比普通的築基巔峰修仙者還要快！

第九章

陳家的靠山

就在楚問天全速飛行之時，桃源居十號別墅內，兩名保鏢押著李詩韻，來到客廳。

客廳內除了李家眾人外，還有一名雙手打著石膏的青年，正是陳文濤。

陳文濤瞥了一眼李詩韻，陰笑道：「求救電話打完了？」

李詩韻聞言，心中咯噔一下，一股不好的預感瞬間用上心頭：「你是故意將楚問天引來的？」

「不然妳以為你能有機會跑去二樓，給那個雜種打電話？」陳文濤嘴角勾起一抹冷笑，「現在，電話已經打完了，咱們該辦正事了。」

陳文濤上下打量著李詩韻曼妙的身材，臉上布滿淫邪。

「你想做什麼？」李詩韻害怕道。

「當然是入洞房了！」陳文濤淫笑道，「那個傷我的雜種住在雲景別苑，趕過來起碼得二十分鐘。等妳我入完洞房，正好下來收拾他！」

「你作夢！我就是死，也不會讓你得逞的！」李詩韻咬牙道。

「這可由不得妳。」陳文濤冷笑一聲，抬起打著石膏的手臂，指著一旁被保鏢控制的李詩韻父母，道，「妳若是乖乖聽話，妳爸媽自然會安然無恙。但若是不聽話，那妳爸媽可就要受苦了。」

說罷，陳文濤朝著一名保鏢使了個眼色。

只見那名保鏢揮動鐵拳，朝著李詩韻父親的腹部狠狠砸去。

雖然李詩韻的父親咬緊牙關，努力不讓自己發出半點聲音。但李詩韻還是從父親痛苦的神情中，感受到了疼痛。

「詩韻，別管爸……」李詩韻父親強忍著劇痛，喊道。

但他的話還未說完，又被保鏢狠狠砸了一拳。

一縷殷紅的血跡，順著李詩韻父親的嘴角溢出。

李詩韻見此，只得絕望地喊道：「住手！我答應你！」

陳文濤聞言，臉上露出一抹陰謀得逞的笑容。他再次使了個眼色，那名保鏢立刻停手。

李詩韻父親瞪了陳文濤一眼，然後將目光轉向陳文濤身旁的中年男子，怒吼道：「李向榮，你就眼睜睜看著自己的姪女，被人欺辱嗎？」

這名中年男子，便是李詩韻的大伯——李向榮。

李向榮一臉冷漠地說道：「這怎麼能是欺辱呢？陳少能看上詩韻，是她幾輩子修來的福氣。而詩韻卻一而在在而三的拒絕陳少，真是不知好歹。我這個當大伯，為了她的後半生幸福，自然要幫她一把。」

「我呸！你分明就是為了你們家的利益！」李詩韻父親大罵道，「我女兒若是有事，我就是死也不會放過你的！」

李向榮看著自己的弟弟，目光充滿嘲弄，似乎再說，你能奈我何？

陳文濤向他承諾，只要他配合今天的行動，事成之後，陳家將給他的公司注資兩千萬，讓他的公司再上一個臺階，邁入天河市三線勢力之列。

到那時，他的權勢將大大增加，李詩韻一家又算的什麼。

李向榮轉過頭，臉上的冷漠瞬間變換成諂媚：「陳少，二樓的客臥早就給您收拾好了，您可以盡情享用。」

陳文濤滿意地點了點頭：「做的不錯。」

說罷，他便讓兩名保鏢押著李詩韻，前往二樓客臥。

「問天，早知道會這樣，昨天我就應該向你表明心意的！」李詩韻滿臉絕望，兩行清淚順著臉龐流淌而下。

其實，她在高中時就已經喜歡上了楚問天。只是那時的她，羞於表明心意。上大學後，她本想找機會表白，但卻聽聞楚問天和王若雪在一起了。

她原以為此生會錯過楚問天，沒想到他們卻在天河市中醫院相遇了。

昨天晚上，她徹夜未眠，心中欣喜萬分。本以為，終於能和楚問天表明心意了，結果又出了這樣的事情。
就在李詩韻絕望之時，一道溫柔的聲音，突然從別墅外傳了進來。
「現在表明心意也不晚。」
話音落下，厚重的防盜門瞬間炸開，一道霸道無雙的身影，從門外緩緩走了進來。
正是楚問天！
全速御空飛行的他，僅僅用了一分鐘的時間，就從十幾公里外的雲景別苑趕了過來。
如此恐怖的速度，若是傳到武者界，定會引起軒然大波。
「問天！」
李詩韻看到楚問天時，臉上先是驚喜無比，緊接著便轉變為擔憂，大喊道：
「你快跑，陳文濤是故意引你過來的！」
「跑？他跑得了嗎？」陳文濤冷笑一聲。
雖然對楚問天為什麼會這麼快趕到，有些意外。但他並沒有多想，只認為楚問天就在附近。
若是他知道，楚問天乃是一分鐘就能飛奔十幾公里的絕世強者，打死他也不敢對楚問天動手。

只見陳文濤吹了聲口哨，埋伏在別墅地下室的十名保鏢，立刻衝了上來。每個人手中都握著一柄一公尺長的大砍刀，在燈光的照射下，閃爍著縷縷寒芒。

這十名保鏢動作整齊劃一，訓練有素，目光皆如惡狼一般，死死地盯著楚問天。

「退伍兵士？」楚問天眉毛一挑，一眼看出了十名保鏢的身分。

「他們可不是簡單的退伍兵士，而是天河市戰區的退伍兵王！」

「我爸花了極大的代價才將他們招攬到陳家，組建了一支兵王護衛隊。」陳文濤一臉得意地說道。

這十人的修為雖然都只有外勁初期、外勁中期，但因為皆出身於戰區，配合極為默契，聯手之下就算是外勁巔峰武者，也不是他們的對手。

「我把這支兵王護衛隊帶來，原本是想對付你的武者保鏢的。但沒想到，他今天竟然沒跟來，真是太可惜了。」陳文濤搖頭嘆息道。

在他看來，用這支兵王護衛隊對付楚問天，簡直就是殺雞用牛刀——大材小用。

「你若現在給本少跪下磕三個響頭，喊三遍爺爺我錯了。本少或許可以大發慈悲，給你留一個全屍！」陳文濤望著楚問天，態度囂張無比。

「一群蝦兵蟹將也敢稱之為兵王，真是可笑。」楚問天臉上噙上一抹嗤笑。敢在他面前稱之為兵王的兵士，修為至少也得在化勁以上。

區區十名外勁初期、外勁中期的兵士，在他眼中，說蝦兵蟹將都是抬舉他們了。

陳文濤臉色一冷：「武者保鏢不在身邊，還敢口出狂言，真是好膽。既然你看不起我陳家的兵王護衛隊，那就讓你好好領教一下他們的厲害！」

「動手，給本少挑斷他的手筋、腳筋！」

話音落下，十名保鏢立刻動手，揮動著手中的大砍刀，朝著楚問天砍來！

楚問天見此，眼中掠過一抹冰冷的寒芒。

若是平常，他或許還會和這十名退伍兵士玩一玩，當做活動筋骨。但現在的他，心中怒火衝天，根本沒有玩兒的興致。

「哼！」

只聽一聲冷哼，一股恐怖無比的威壓從楚問天體內迸發而出，宛若驚濤海濤，朝著十名襲來的保鏢碾壓而去。

「噗通！噗通！噗通！」

十名保鏢瞬間被壓得跪在地上，強大的威壓猶如萬斤巨石一般，直接將他們的膝蓋壓碎！

這還是楚問天留手的結果，不然這一冷哼，足以將他們碾成肉醬！

原本自信無比的陳文濤，看著楚問天瞬間皆解決掉了兵王護衛隊，臉色巨變，驚恐道：「你是內勁武者！」

在他看來，只有內勁武者才能秒殺兵王護衛隊。

楚問天望著陳文濤，目光冰冷地對他說道：「今日，不光你要死，陳家也要覆滅！」

楚問天並不是一個嗜殺的人，但龍有逆鱗，觸之必死！

李詩韻是他心動的女人，便是他的逆鱗之一。陳文濤竟然敢對李詩韻動手，那便要為此付出代價！

陳文濤感受到楚問天身上散發出的殺意，渾身一顫，色厲內荏地威脅說道：「小子，別以為你是內勁武者，就可以為所欲為了。我陳家乃是天河市六大家族之一，背後更是有著戰區背景。你若是敢殺我，不光你要死，你的家人、朋友也都要死！」

「戰區背景？」楚問天嘴角噙上一抹嘲弄，「給你半個小時的時間，把你的靠山全都叫來。我倒要看看，你的背景到底有多強。」

陳文濤聞言，心中狂喜，連忙掏出手機給他父親打電話。

「爸，我現在在桃源居十號別墅。一個內勁武者廢了兵王護衛隊，不僅揚言要殺了我，還要覆滅我陳家，你和楊叔叔趕緊來救我。」

電話那頭，陳文濤的父親，陳家家主陳友泉怒吼一聲：「他找死！兒子你再堅持一下，爸和楊叔叔馬上就趕到！」

掛斷電話後，陳文濤的態度立刻又變得囂張起來，趾高氣昂地對著楚問天說道：「小子，我爸馬上就到。你若是不想死，就立刻跪下叫爺爺。」

楚問天冷笑一聲，一股龐大的威勢再次爆發，直接將陳文濤壓得跪在地上。

「你還有二十八分鐘的時間，時間一到，不管你爸來沒來，你都得死。」楚問天冰冷地說道。

他環顧四周，輕輕跺了跺腳。

「噗通！噗通！噗通！」

一連串的跪地聲響起。

整個客廳內，除了他、李詩韻以及李詩韻的父母外，其餘人全都跪倒在地。

「在陳家的靠山到來前，你們就全跪著吧。」楚問天淡淡道。

李詩韻擔憂地說道：「問天，早就有傳言稱，陳家和天河市戰區關係匪淺。戰區的權勢遠比中醫協會大得多，就算是六大家族之首的王家，也不敢輕易招惹戰區，你還是趕緊跑吧。」

每個城市內都設立有戰區，駐紮有兵士。

天河市戰區雖然在江北省各大戰區中，實力一般，但也駐紮著五千名兵士。戰區最高負責人擁有頂級校官兵銜，權勢無雙。

楚問天揉了揉李詩韻的腦袋，笑著說道：「放心吧，區區一個天河市戰區，還入不了我的眼。」

李詩韻有些害羞地低下了頭。

陳文濤看著這一幕，眼中布滿怨毒，心中咆哮道：「等我爸和楊叔叔趕到，我定要將你折磨致死！」

一轉眼，二十五分鐘便過去了。別墅外突然傳來了數道刺耳的剎車聲。

只見一輛兵用越野車，帶著三輛大型運兵車，停在了別墅外。

車上下來兩名中年人和上百名真槍實彈的兵士。

為首的中年人，身材挺拔如松，目光淩厲無比。他身穿兵裝，肩扛四顆校官之星，正是天河市戰區統領，頂級校官——楊如松。

他身邊的另外一名中年人，則是陳家家主——陳友泉。
只見楊如松大手一揮，上百名真槍實彈的兵士瞬間將整個別墅包圍起來。
「我看誰敢動我文濤姪兒一根汗毛！」
楊如松帶著陳友泉和一隊兵士，氣勢洶洶地走進別墅。
陳文濤指著楚問天，大喊道：「爸、楊叔叔，就是這個雜種，他不僅想要殺了我，還口出狂言，想要覆滅我陳家！」
陳友泉看到陳文濤的慘狀，頓時怒火衝天，對著身旁的楊如松道：「楊老哥，你可得為文濤報仇啊！」
楊如松二話不說，直接下令道：「給我拿下此子！」
他身後的那隊兵士立刻舉著槍，朝著楚問天走去。
「身為天河市戰區的最高負責人，你竟敢肆意調動兵士，並且不問緣由，隨意抓人，眼裡還有法律嗎？」楚問天直視楊如松，冷漠道。
楊如松冷笑一聲，一臉霸道地說道：「在這天河市，我就是法！」
楚問天聞言，眼中寒光一閃。
他沒有理會那隊兵士，而是將目光投向陳文濤。
「半個小時已到，該送你上路了！」

陳文濤聞言，臉色狂變。他本以為父親和楊統領到來，自己便安全了。但沒想到，楚問天竟然還敢對他下殺手。

「爸、楊叔叔，救我！」陳文濤大聲求救。

楊如松聞言，連忙對著兵士喊道：「速戰速決！」

那隊兵士立刻全速奔向楚問天。

「我要殺的人，就算是大羅金仙來了，也救不了！」

只見楚問天猛地一跺腳，一道駭人的氣勢席捲而出，直接將衝上來兵士們轟飛。

緊接著，他伸出右手朝著虛空一點，一道無形劍氣凝聚而出，刺破長空，瞬間洞穿陳文濤的眉心。

陳文濤瞳孔放大，身體重重朝著地面砸去。

「文濤！」陳友泉雙目充血、目眥欲裂。

一旁的楊如松，則臉色微變，眼中掠過一抹不敢置信：「勁氣外放，你是化勁宗師！這怎麼可能！」

勁氣外放，只有化勁宗師以上的武者才能做得到。

普通武者想要成為化勁宗師，至少需要數十年的苦修才行。二十多歲的化勁宗師，楊如松別說是見過，就連聽都沒聽說過。

但他不知道的是，楚問天施展出的並不是勁氣，而是修仙者才能操控的靈力。其威力，遠在勁氣之上。

「化勁宗師又如何，敢殺我兒，就必須為我兒償命！」陳友泉咬牙切齒地說道，「楊老哥，只要你殺了此子，我給你陳氏集團百分之十的股份！」

楊如松聽到陳友泉的話，眼睛頓時一亮。

陳家作為天河市六大家族之一，總資產過五億。百分之十的股份，就代表著五千萬。

但是，股份卻比現金的價值更高。雖然陳氏集團百分之十的股份，價值五千萬。但用五千萬，絕對買不來百分之十的股份。

楊如松若是擁有了這百分之十的股份，他便可以成為陳氏集團的大股東之一，不僅可以參與陳氏集團的各種決策，每年還能得到大筆的分紅。

楊如松義立刻正言辭地說道：「老弟放心，我這個當叔叔的，絕對會替文濤姪兒報仇！」

「所有兵士，進來！」

一聲令下，圍在別墅四周的兵士，立刻湧了進來。

楊如松望著楚問天，漠然道：「小子，以你的天賦，原本可以擁有一個美好的未來。但要怪就怪你得罪了不該得罪的人，下輩子記得擦亮眼睛。」

只見他對著眾兵士下令道：「所有兵士，瞄準目標，開槍射擊！」

話音落下的瞬間，一連串的子彈上膛聲響起。

「噠！噠！噠！」

近百名兵士瞄準楚問天，按動扳機，耀眼的火舌瞬間從槍口射出。

楊如松帶來的兵士，全都是天河市戰區的精英，每個人手中的配槍都是威力驚人的微型衝鋒槍。

雖然化勁宗師戰力強大，可以做到以一敵百。但若是在狹小的空間內，面對近百把微型衝鋒槍的瘋狂射擊，就算是化勁宗師也得飲恨。

這也是楊如松自信的原因。

但下一秒，他的眼睛陡然大睜，瞪得猶如銅鈴一般，大喊地說道：「這不可能！」

只見楚問天的身前，出現一面靈力屏障，將所有子彈都擋了一下了。

轉眼間，所有兵士便將微型衝鋒槍內子彈打光了。

數千發子彈整整齊齊地漂浮在楚問天身前，既詭異，又壯觀。

楚問天隨手一握，虛空中一隻無形巨手凝聚而出，直接將數千發子彈捏成一個鐵球。

在場眾人看到這一幕，全都嚇傻了。

「你不是化勁宗師，你是異能局的人！」楊如松突然想到什麼，失聲喊道。

異能局和北斗執法隊一樣，都是龍國設立的特殊部門，專門管理異能者。

異能者，顧名思義就是指擁有異能的人。比如：有人天生可以操控火焰，有人天生親近雷電，有人還可以控水、控風。

其實在楚問天眼中，所謂的異能者就是一群另類的修仙者罷了。只不過他們天生對於各屬性的天地靈氣較為敏感，提前激發了各種特殊的能力，所以才被稱之為異能者。

按照異能局的劃分，異能者的實力分為S級、A級、B級、C級、D級五個等級。

其中，S級異能者相當於神境武者；A級異能者相當於化境後期、化境巔峰的大宗師；B級異能者相當於化境初期、化境中期的普通宗師；C級異能者相當於內勁武者，D級異能者相當於外勁武者。

楊如松就是因為看到了楚問天凝聚出的靈力屏障和無形巨手，以為他是一名

B級異能者。

楊如松立刻換上一副笑臉，對著楚問天有些討好地說道：「誤會，都是一場誤會。此事明顯是陳文濤的過錯，被閣下斬殺，完全是他咎由自取。」

說著，楊如松瞪了陳友泉一眼，怒道：「陳家主，還不趕快道歉！」

陳友泉從楊如松的話語中，聽出了他對楚問天深深的忌憚，只得咬了咬牙，將心中的仇恨壓下：「閣下，此事都是我陳家的過錯，我陳家願意給閣下賠償五千萬，希望閣下能將此事揭過。」

楚問天聞言，嘴角勾起一抹淡淡的嘲弄：「不夠。」

陳友泉咬著牙加價道：「八千萬！我陳家願意給閣下賠償八千萬！」

楚問天道：「不夠。」

「不知閣下想要多少賠償？」楊如松臉色有些難看地說道。在他看來，楚問天有些太貪心了。

楚問天漠然道：「我要陳家覆滅！」

楊如松聞言，臉色頓時陰沉了下來：「你要我們！」

「今天，陳家必定覆滅！」楚問天開口道，話語中充斥著無邊的霸道。

「陳家有本統領護著，我倒要看看，你怎麼覆滅陳家。」

楊如松冷笑一聲，帶著陳友泉，轉身朝著別墅外走去。雖然他奈何不了楚問天，但他自信楚問天不敢對他出手。

身為天河市戰區統領，他代表著整個天河市戰區，對他出手，就是在挑釁龍國各大戰區的威嚴。

要知道，戰區之人都十分護短。到時，就算楚問天是異能局的人，也得付出代價。

可惜，想像是美好的，現實卻是殘酷的。別說楊如松只是一個小小的天河市戰區統領，他就是北境戰區的大統帥，楚問天也敢暴揍！

只見楚問天隨手一揮，一道靈力長鞭瞬間凝聚而成，橫貫長空，帶著駭人的音爆聲，朝著楊如松狠狠抽去。

楊如松臉色驟變，連忙出手抵擋。但他以的實力，又怎麼可能擋得住楚問天的攻擊呢。

「啊！」楊如松慘叫一聲，直接被靈力長鞭抽翻在地。

趴在地上的楊如松，咬牙切齒地吼道：「小子，你竟敢對我動手，你死定了！就算你背後有異能局，也護不住你！」

第十章

叛國罪

他的話音還未落下，一道破空聲陡然響起，楚問天瞬間出現在他面前。

只見楚問天抬起右腳，朝著楊如松的臉踩去，讓他的臉與地面充分摩擦。

無論楊如松如何反抗，都無法從楚問天的腳下掙脫。

「死的人不是我，而是你。」楚問天居高臨下地望著楊如松，一臉漠然地說道。

只見他掏出手機，撥通一個電話。

「楚少怎麼會突然想起給我打電話？」電話剛一接通，便傳來一道爽朗的笑聲。聽得出來，接電話的那人十分高興。

楚問天冷漠地說道：「我現在在天河市桃源居十號別墅，天河市戰區統領帶著上百名全副武裝的兵士，把我圍了起來，還下令開槍射殺我。」

電話那頭的人原本還一臉高興，聽到楚問天的話後，瞬間變得驚恐萬分道：

「楚少，這一定是一個誤會……」

楚問天直接打斷那人的話，冷聲道：「給你二十分鐘的時間，解決此事。時間一到，你若是還沒解決，那我便按照我的方式，處理此事！」

說罷，楚問天不等那人回話，直接掛斷了電話。

「虛張聲勢，我就不相信，你一個異能局的人還能治本統領的罪不成。」被踩在地上的楊如松，咬牙切齒道。

「是不是虛張聲勢，等你一會你就知道了。」楚問天漠然道。

他抬起右腳，朝著一旁的座椅走去。

地上的楊如松剛準備站起身，就聽見楚問天冰冷的聲音傳來。

「在我面前，你還沒資格站起身。」

楚問天的目光掃過楊如松、陳友泉，說道：「你們倆都給我好好跪著，誰若是敢起身，我便廢了誰的雙腿。」

楊如松身體一顫，即將站起身的他，只得咬牙跪倒在地。

一旁的陳友泉也心不甘情不願地跪在地上。

「小子，就讓你再猖狂一會。等本統領回到天河市戰區，定帶著所有兵士，滅了你！」楊如松心中怨毒地吼道。

如果目光能夠殺人，他早已將楚問天千刀萬剮。

感受到楊如松的目光，楚問天輕蔑一笑。楊如松現在還能心生怨恨，再過一會，他心中就只有絕望了。

此時，北境戰區，肩扛三顆將星的大統帥，氣憤地將手機砸了個粉碎，怒吼道：「該死的楊如松，你他媽想死，別帶上戰區啊！」

北境戰區大統帥，龍國屈指可數的上級統帥之一，執掌北境十一省所有戰區，權勢無雙。但此刻的他，心中卻充滿恐懼。

因為他很清楚，得罪楚問天會有怎樣的下場。

這件事若是處理不得當，別說是天河市戰區，別算是北境戰區都得大亂！

他帶著無邊的怒火，拿起辦公桌上的保密電話，撥通天河市戰區的電話……

十四分鐘轉瞬而逝，別墅外突然響起一陣急促的剎車聲，數十輛大型運兵車停在別墅外。

運兵車的司機們不約而同地擦了擦額頭的汗。上級命令他們，必須在十五分鐘內開到桃源居。若是遲到，所有人都要上兵士法庭！

這一路上，數十輛運兵車開的飛快，油門都被司機們踩到了底，一路闖紅燈，終於在十五分鐘內趕到了桃源居。

車上下來上千名全副武裝、真槍實彈的兵士。為首的中年男子，身穿兵裝，和楊如松一樣，肩扛四顆校官之星。

此人便是天河市戰區的副統領——薛戰。

「包圍別墅，任何人不得進出！」

薛戰一聲令下，上千名兵士立刻動了起來，聲勢浩大，立刻將別墅圍了個裡三層外三層。

在薛戰的帶領下，兩隊兵士跟著他走進別墅。

「薛戰，你怎麼會來這裡？」楊如松眉頭一皺，似乎想到了什麼，「難道說此子的底氣就是你？」

他冷笑一聲：「薛戰，雖然你我兵銜相同，都是頂級校官。但我才是天河市戰區的最高負責人，你帶人包圍我，難道是想以下犯上？」

兵士以服從命令為天職，在戰區內，以下犯上乃是大罪，情況嚴重的話，甚至會上兵士法庭。

「我以下犯上？」薛戰搖了搖頭，充滿同情地說道，「以下犯上的人不是我，而是你。」

在楊如松疑惑的目光中，薛戰走到楚問天身前，立正敬禮，大喊道：「屬下見過楚統帥！」

楚問天身為陽城監獄的少獄長，鎮壓無數凶犯，有著絕世之功。

帝都總戰區本想授予他上級統帥兵銜，但楚問天同樣覺得太麻煩，當上級統帥還要聽從帝都戰區的命令，只願意掛一個少級統帥的虛名。

所以，薛戰才會稱其為楚統帥。

「楚統帥？這怎麼可能？」楊如松不敢置信地喊道。

「楚統帥擁有少級統帥兵銜，你竟敢以下犯上，簡直罪無可恕！」薛戰冷聲道。

楊如松還沒從楚問天是少級統帥的震驚中回過神來，薛戰接下來的話，讓他神色大變。

「楊如松，犯叛國罪！我奉上級之命，將你就地革職，抓捕歸案。若敢反抗，就地格殺！」

「叛國罪？薛戰，你胡說！」楊如松一臉急切地喊道，「以下犯上我認了，但叛國罪我絕對不認！」

叛國罪乃是刑罰最重的罪名之一，一般只有出賣國家機密、勾結敵國特工，才會被判為叛國罪。

楊如松怎麼也想不通，自己不過是招惹了一個少級統帥而已，雖然會被嚴懲，但怎麼也不該上升到叛國罪的級別。

「認不認罪，不是你說了算的。」

薛戰走到楊如松面前，拿出一張蓋有北境戰區公章的逮捕令，上面清清楚楚寫著叛國罪三個字！

「北……北境戰區。」楊如松眼瞳驟縮。

北境戰區的級別，遠在天河市戰區之上。正如薛戰所說，不需要他認罪，因為北境戰區已經給他定了罪。

不甘心的楊如松，發瘋似地喊叫道：「我不服！就算此子是北境戰區的少級統帥，也休想給我安上叛國罪的罪名！」

「我要申訴！就算告到北境戰區大統帥的面前，我也要申訴！」

「啪！」

薛戰直接甩動右掌，狠狠扇向楊如松的左臉，粗暴地讓他住嘴。

「這張逮捕令，就是大統帥親自下發的！你若是想死，儘管去申訴！」薛戰冷聲道。

楊如松聽到薛戰的話，臉色瞬間變得蒼白如紙，失去所有血色。他腦海中猛然閃過剛才楚問天打電話時的畫面。

「難道說，此子剛才的那個電話，就是打給大統帥的？」

這個念頭剛剛湧出，就被楊如松甩出腦袋：「不可能！他不過是一個少級統帥而已，怎麼可能讓大統帥親自下令抓我。」

楊如松用力抓著自己的頭髮，怎麼想也想不通這是怎麼回事。

北境戰區大統帥肩扛三顆將星，乃是北境十一省所有戰區的最高負責人。別說是一個少級統帥，就算是與他兵銜相同的上級統帥，都命令不了他。

放眼整個龍國，有資格命令北境戰區大統帥的人不超過一手之數，楚問天怎麼可能命令得了他？

看著楊如松痛苦的神色，與他共事了數年的薛戰，微微嘆了一口氣，向他透露道：「楚統帥並不是北境戰區之人，而是來自於陽城監獄。」

「陽城監獄！」

楊如松眼瞳暴睜，眼珠子都要瞪出來了。他的腦海中，瞬間湧出有關於陽城監獄的資訊。

陽城監獄，世界上級別最高的監獄，凌駕於世界各大勢力之上，別說是在龍國境內，就算是放眼整個世界，陽城監獄都是最不能招惹的勢力之一！

在陽城監獄內，有資格命令北境戰區大統帥的人，只有兩個人——獄長和少獄長。

以楚問天的年紀，很顯然，他便是那位傳說中少獄長！

「我竟然帶人包圍了陽城監獄的少獄長，還下令開槍射殺他！」楊如松滿臉驚恐，身體止不住地顫抖。

此時的他已經徹底明白，自己為什麼會被大統帥定為叛國罪。如果他是大統帥，恐怕會把自己拉出去槍斃一百遍！

楊如松越想越害怕，身體顫抖地越來越劇烈。突然，他口吐白沫，栽倒在地，直接嚇得昏死過去。

薛戰見此，命令兩名兵士將其拖出別墅。

「楚統帥，剩下的人該如何處置？」薛戰恭敬地請示道。

楚問天將目光投向瑟瑟發抖的陳友泉，漠然道：「陳家該成為歷史了。」

陳友泉聞言，臉上布滿絕望。他知道，陳家徹底完了。

楚問天掃了一眼楊如松帶來的兵士們，道：「他們也都是聽令行事，訓誡一番就行。」

冤有頭債有主，楚問天自然不會遷怒無辜。

「至於，李詩韻大伯一家……」楚問天想了想，淡淡道，「將他們逐出天河市。」

李向榮為了自身的榮華富貴，竟然不惜將自己的親姪女推入火坑。如此禽獸作為，自然要付出代價。如果不是看在他是李詩韻大伯的份，楚問天定要將其送進監牢。

「二弟，我知道錯了，這件事是我對不起你們，我真心悔改。你求求楚少，讓我們一家留在天河市吧。」李向榮哀求道。

李詩韻父親聞言，冷笑一聲：「現在想起我是你弟弟，想起詩韻是你姪女了？晚了！」

李向榮的所作所為，已經傷透了李詩韻父親的心。這樣的親情，不要也罷！

李向榮見此，身體一軟，癱坐在地上，眼中盡是悔恨。

如果他早知道，李詩韻有這樣一位權勢通天的朋友，打死他也不會和陳文濤勾結。

現在，不僅沒撈到一絲好處，反而還得罪了楚問天，被逐出了天河市。

「來人，把他們全都帶走！」

薛戰一聲令下，一隊兵士立刻將李向榮一家拖走。

楚問天看了一眼時間，正好二十分鐘。

「既然事情已經解決，那你便帶人返回戰區吧。」楚問天對著薛戰說道。

薛戰聞言，緊繃的神經頓時鬆了下來。

在來之前，大統帥給他下了死命令，必須讓楚問天滿意。不然，他這個副統領就做到頭了。

「是！」

薛戰立正敬禮，然後便帶著兵士們迅速撤離。

不一會，偌大的別墅內就只剩下楚問天和李詩韻一家了。

李詩韻父親由衷地感謝道：「多謝楚小友，今天如果沒有你，我們一家就危險了。」

楚問天道：「叔叔，這都是我應該做的。」

李詩韻父親愣了愣，立刻明白了楚問天話語中的意思。

他看了一眼楚問天，又看了一眼自己的女兒，一臉笑意地說道：「你們年輕人之間肯定有很多話要聊，我們老倆口就不當電燈泡了。」

都說女婿難過岳父關，但那也得看是什麼樣的女婿。像楚問天這樣優秀的女婿，李詩韻父親是一百個滿意。

說罷，他便帶著李詩韻母親出門逛街去了，將空間留給兩人。

「你剛才的話，讓我爸都誤會了。」李詩韻紅著臉，說道。

「叔叔真的誤會了嗎？」楚問天嘴角勾起一抹細微的弧度，「妳不是要向我表明心意嗎？」

聽到楚問天的話，李詩韻的臉更紅了，低著頭，扣著手指甲。片刻後，她下定了決心，猛然仰起頭，一臉鄭重地說道：「楚問天，我喜歡你，從高中就喜歡你了，我們在一起吧。」

她已經錯過了楚問天一次，不想再錯過楚問天第二次了。

楚問天愣了愣，沒想到李詩韻竟然會真的鼓起勇氣表白。

他柔聲道：「好！」

「真的嗎？」李詩韻確認道。

「當然是真的！」

李詩韻激動地跳了起來，滿臉興奮。

「詩韻，我在天河市還有一些事情要做，這段時間可能會有很多人想要報復我。為了妳的安全考慮，妳搬來和我一起住吧。」楚問天一臉認真地說道。

李詩韻聞言，頓時害羞變得無比，細如蚊聲地說道：「問天，我們才剛確定在一起，就要同居嗎？是不是有些太快了……」

「不是同居，只是同住在一棟別墅內。」楚問天解釋道，「當然，詩韻若是想同居，也不是不可以。」

「哎呀！問天你太壞了！」

李詩韻紅著臉朝著楚問天的胸口錘了一拳，然後害羞地跑出別墅，去找正在逛街的父母了。

看著李詩韻害羞逃跑的背影，楚問天的臉上露出一抹淡淡的笑意。

他讓李詩韻搬來和他同住，是真的為了保護她。

十天時限已經過去了近一半，王崇山接下來的報復一定會更加猛烈，若讓他知道李詩韻是自己的女朋友，必定會出手針對。所以，李詩韻待在他身邊才是最安全的。

而李詩韻的父母，他同樣會讓趙鼎天派人暗中保護。

「該去買一套別墅了。」楚問天自語道。

雲景別苑一號別墅雖然面積很大，就算再住五個人也不會擁擠，但那畢竟是周峰的房子。

現在他要和李詩韻同住，自然要買一套自己的房子。

第二天一大早，楚問天便帶著李詩韻，來到一個名叫溪語悅庭的新別墅。

以楚問天的身分，若是想買天河市最高檔的別墅，只需一句話，就可以讓原主人立刻騰房。但那畢竟是二手房，楚問天看不上。

而溪語悅庭則是一個新開發的別墅，位於天河市東郊，周圍環境優美、空氣清新，雖然不如雲景別苑，也是天河市頂級的高檔社區之一。

楚問天三人剛一走進銷售部，便有一名身穿職業套裝的美女，滿臉笑容地迎了上來。

「三位顧客早安，我是置業顧問小李。我們溪語悅庭社區，目前在售的戶型有複式洋房、聯排別墅以及獨棟別墅……」

楚問天打斷小李的介紹，直接開口道：「直接介紹最好的。」

小李聞言，眼睛一亮，知道來了大客戶。

她用最恭敬地態度，將楚問天三人帶到沙盤前，指著一棟別墅模型介紹道：「我們溪語悅庭內最好的房子，乃是A戶型的獨棟別墅，目前只剩下最後一棟。面積兩百五十坪，上下共三層，帶有南北兩個小花園，外加兩個車庫……」

「詩韻，妳覺得怎麼樣？」楚問天問道。

李詩韻道：「挺不錯的。」

「好，那就它了。」楚問天直接道。

小李確認地說道：「先生，A戶型獨棟別墅的售價是兩千萬，您確定要購買嗎？」

「確定！」

得到肯定答覆的小李，臉上露出驚喜之色，連忙去拿購房契約。

就在她取來契約，準備和楚問天簽約時，銷售部內走進來一名肥頭大耳的油膩男，他的脖子上戴著一根手指粗的金鍊子，手上帶滿了各種寶石戒指，一副典型的暴發戶模樣。

油膩男的身後還跟著兩名身材魁梧的保鏢。

只聽油膩男扯著嗓子，十分有錢人地喊道：「置業顧問呢？聽說你們小區A戶型的獨棟別墅不錯，給我來一套！」

小李聞言，連忙開口道：「不好意思先生，我們小區A戶型的獨棟別墅全都賣完了，您可以考慮一下B戶型的獨棟別墅。」

「賣完了？」

油膩男眉頭一皺，一臉不爽。突然，他瞥見小李手中拿著的，正是一份A戶型獨棟別墅的購房契約。

「這不是還有一棟嗎？歸我了！」

說著，他便掏出一張銀行卡，豪氣地甩給小李，讓小李去刷卡。

「先生，這棟別墅已經有顧客定下了。」小李解釋道。

油膩男聞言，環顧四周。此時銷售部內，除了他之外，就只剩下楚問天、李詩韻兩名顧客，所以小李口中的顧客，必定指的是他們。

「小子，這棟A戶型獨棟別墅我看上了，你去買別的戶型。」油膩男霸道無比地說道。

能買得起A戶型獨棟別墅，說明楚問天的身家不菲，但他自信自己的背景比楚問天更強。

楚問天瞥了油膩男一眼，嘴中吐出一個字：「滾！」

油膩男臉色瞬間陰沉下來：「小子，趁老子沒發火，你最後立刻消失在我眼前。否則，後果自負！」

楚問天看都沒看油膩男一眼，直接對著小李說道：「簽契約吧。」

油膩男眼中怒火衝天，直接向身後的保鏢下令道：「把他給我扔出去！」

兩名身材魁梧的保鏢剛準備動手，只見楚問天右手隨意一揮，兩人便騰空而起，朝著遠處狠狠砸去。

「你是武者？」油膩男先是一驚，然後惡狠狠地說道，「就算你是武者又如何？你他媽知道我是誰嗎？」

楚問天玩味道：「你是誰？」

油膩男傲然地說道：「我是李虎的大舅哥！你得罪我，就是在得罪李虎！」

楚問天眉毛一掀：「戰虎保全公司的董事長李虎？」

「沒錯！」油膩男囂張道，「小子，你若是不想死，就速速讓出這棟別墅，然後給我的保鏢賠償兩百萬的醫藥費。」

楚問天淡淡道：「我若是不要呢？」

「那你等著戰虎保全公司的瘋狂報復吧！」油膩男惡狠狠地威脅道。

楚問天嘴角勾起一抹輕蔑：「我倒要看看，戰虎保全公司敢不敢報復我。」

說罷，他便拉著李詩韻，走到休閒區的沙發上坐了下來，等著油膩男所說的報復。

油膩男見此，頓時氣的渾身發抖。

自從他妹妹嫁給李虎之後，他的地位便暴漲了無數倍，在天河市內橫行無忌，就算六大家族的人見到他，也得給他幾分面子。但楚問天竟然敢打他的臉，這讓他心中怒火衝天。

油膩男立刻掏出手機，撥通一個電話。

李虎和戰虎保全公司的幾名高層，都已經去了江北省監獄內服刑。所以，此時的戰虎保全公司是由李虎的親信在執掌。

「小胡，我在溪語悅庭樓盤被一個武者給欺負了，你立刻帶人過來！」油膩男喊道。

電話那頭的小胡聞言，勃然大怒：「竟然有人敢欺負大舅哥？找死！我這就帶人過來！」

不一會，銷售部外便停下數輛商務車。

車上下來二十多名青年，皆身著統一制服。他們制服的胸口處，畫著一隻猙獰的虎頭。正是戰虎保全公司的人。

為首的，是一名三十多歲，留著兩撇小鬍子的男子。

小胡帶著二十多名手下，氣勢洶洶地走進銷售部，喊道：「哪個不長眼的東西，竟然欺負我們老大的大舅哥？」

「就是他！」油膩男指著楚問天大喊道。

——待續

國家圖書館出版品預行編目資料

絕世戰龍 ／ 驚蟄落月作. --初版.
--臺中市：飛燕文創事業有限公司, 2025.03-

冊；公分

ISBN 978-626-413-291-6(第1冊:平裝).--
ISBN 978-626-413-292-3(第2冊:平裝).--
ISBN 978-626-413-293-0(第3冊:平裝).--
ISBN 978-626-413-294-7(第4冊:平裝).--
ISBN 978-626-413-295-4(第5冊:平裝).--
ISBN 978-626-413-296-1(第6冊:平裝).--
ISBN 978-626-413-297-8(第7冊:平裝).--
ISBN 978-626-413-298-5(第8冊:平裝).--
ISBN 978-626-413-299-2(第9冊:平裝).--
ISBN 978-626-413-300-5(第10冊:平裝).--
ISBN 978-626-413-301-2(第11冊:平裝).--
ISBN 978-626-413-302-9(第12冊:平裝).--
ISBN 978-626-413-303-6(第13冊:平裝).--
ISBN 978-626-413-304-3(第14冊:平裝).--
ISBN 978-626-413-305-0(第15冊:平裝)

857.7　　　　114007339

絕世戰龍 01

出版日期：2025年07月初版
建議售價：新台幣190元
ISBN 978-626-413-291-6

作　　者：驚蟄落月
發 行 人：曾國誠
文字編輯：小玖
美術編輯：豆子、大明
製作/出版：飛燕文創事業有限公司
公司地址：台中市南區樹義路65號
聯絡電話：04-22638366
傳真電話：04-22629041
印 刷 所：燕京印刷廠有限公司
聯絡電話：04-22617293

各區經銷商

華中書報社	電話 02-23015389
旭昇圖書有限公司	電話 02-22451480
智豐圖書股份有限公司	電話 05-2333852
威信圖書有限公司	電話 07-3730079

網路連鎖書店

金石堂網路書店 電話：02-23649989
網址：http://www.kingstone.com.tw/

博客來網路書店 電話：02-26535588
網址：http://www.books.com.tw/

若您要購買書籍將金額郵政劃撥至22815249，戶名：曾國誠，
並將您的收據寫上購買內容傳真到04-22629041

若要購買本公司出版之其他書籍，可洽本公司各區經銷商，
或洽本公司發行部：04-22638366#11，或至各小說出租店、漫畫便利屋、各大書局、金石堂網路書店、博客來網路書店訂購。
▶如有缺頁、破損，請寄回更換！

Fei-Yan
飛燕文創